晚上好，
亲爱的陌生人

每个深夜都有美好的故事发生

蒋畋 著

时代出版传媒股份有限公司
北京时代华文书局

图书在版编目（CIP）数据

晚上好，亲爱的陌生人：每个深夜都有美好的故事发生 / 蒋瞰著. -- 北京：北京时代华文书局，2015.4
ISBN 978-7-5699-0214-3

Ⅰ.①晚… Ⅱ.①蒋… Ⅲ.①散文集－中国－当代
Ⅳ.①I267

中国版本图书馆 CIP 数据核字 (2015) 第 068322 号

晚上好，亲爱的陌生人：
每个深夜都有美好的故事发生

著　　者	蒋　瞰
出 版 人	田海明　朱智润
图书策划	陈丽杰　李　争
责任编辑	陈丽杰　李　争
责任印制	刘　银　范玉洁
装帧设计	程　慧
版式设计	段文辉

出版发行｜时代出版传媒股份有限公司 http://www.press-mart.com
　　　　　北京时代华文书局 http://www.bjsdsj.com.cn
　　　　　北京市东城区安定门外大街 136 号皇城国际大厦 A 座 8 楼
　　　　　邮编：100011　电话：010－64267955　64267677

印　　刷｜北京中印联印务有限公司　010-87331056
　　　　　（如发现印装质量问题，请与印刷厂联系调换）

开　　本｜880×1230mm　1/32
印　　张｜7
字　　数｜220 千字
版　　次｜2015 年 6 月第 1 版　2015 年 7 月第 2 次印刷
书　　号｜ISBN 978-7-5699-0214-3
定　　价｜36.00 元

版权所有，侵权必究

谢谢深夜相逢的人,夜晚让我们如此亲近。其实,我们都该热爱这个世界和城市。

我一直以为醒着的夜晚是最难熬的，但他们的焦躁并不表现在五官，或者，他们本就心静，焦躁只是我们这些旁观者臆想出来的。

书房是个活生生的小世界,是夜归人的集散地。绅士和混蛋,时装人和乡巴佬,家庭型和商务人士,来者都是客。

Louis Armstrong
Jazz Masters

现代人太喜欢说了，他们用滔滔不绝的语言来掩饰内心的寂寞和不安。然而，语言和默契从来没有什么必然的逻辑关系。

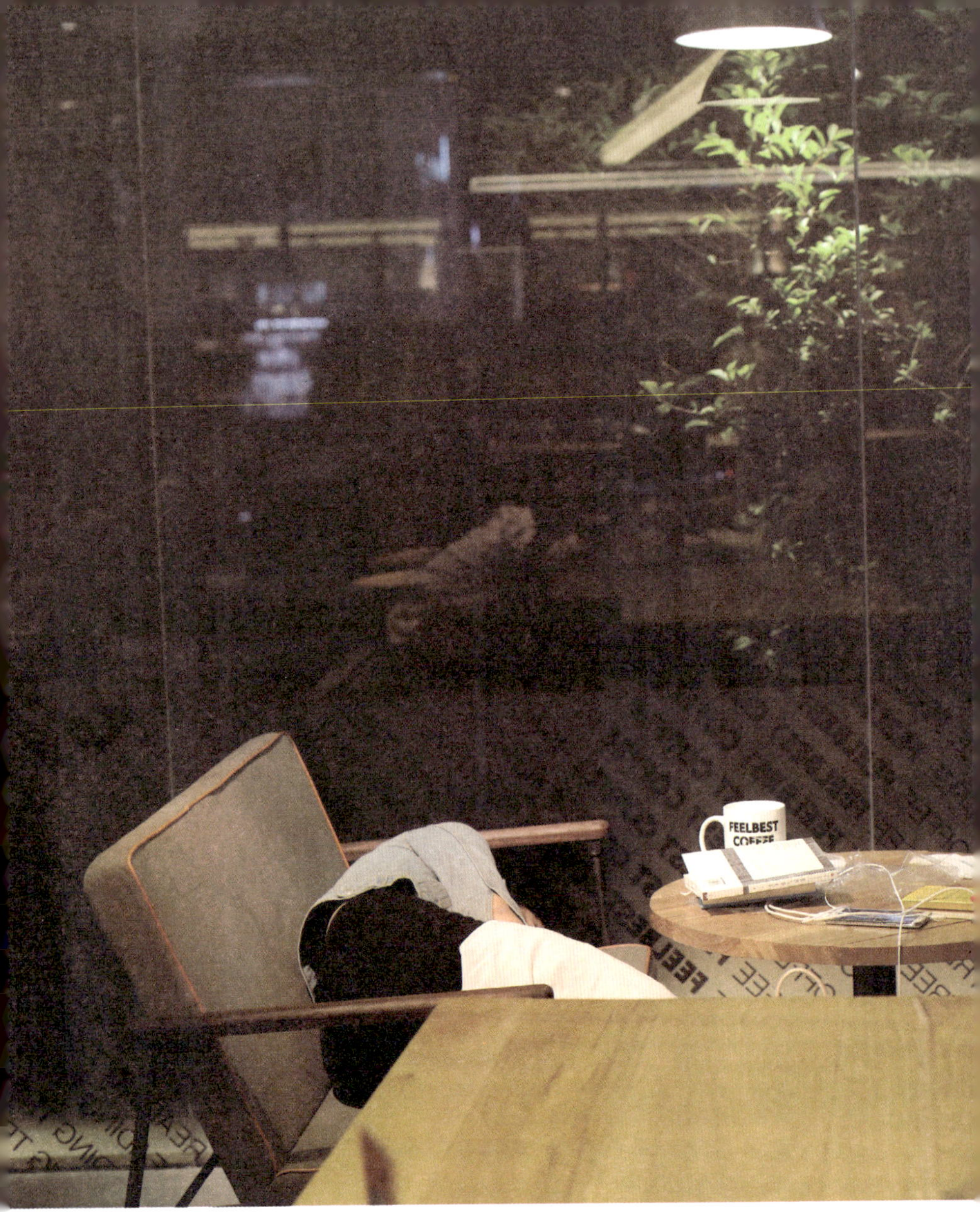
FEELBEST

夜色温柔，省去了太多浊气的语言。人和人的关系变得微妙而敏感，繁文缛节和伪善被弃，人与人之间因为夜的屏障，没有了违和感。

我们如海鸥之与波涛相遇似的,遇见了,走近了。海鸥飞去,波涛滚滚地流开,我们也分别了。

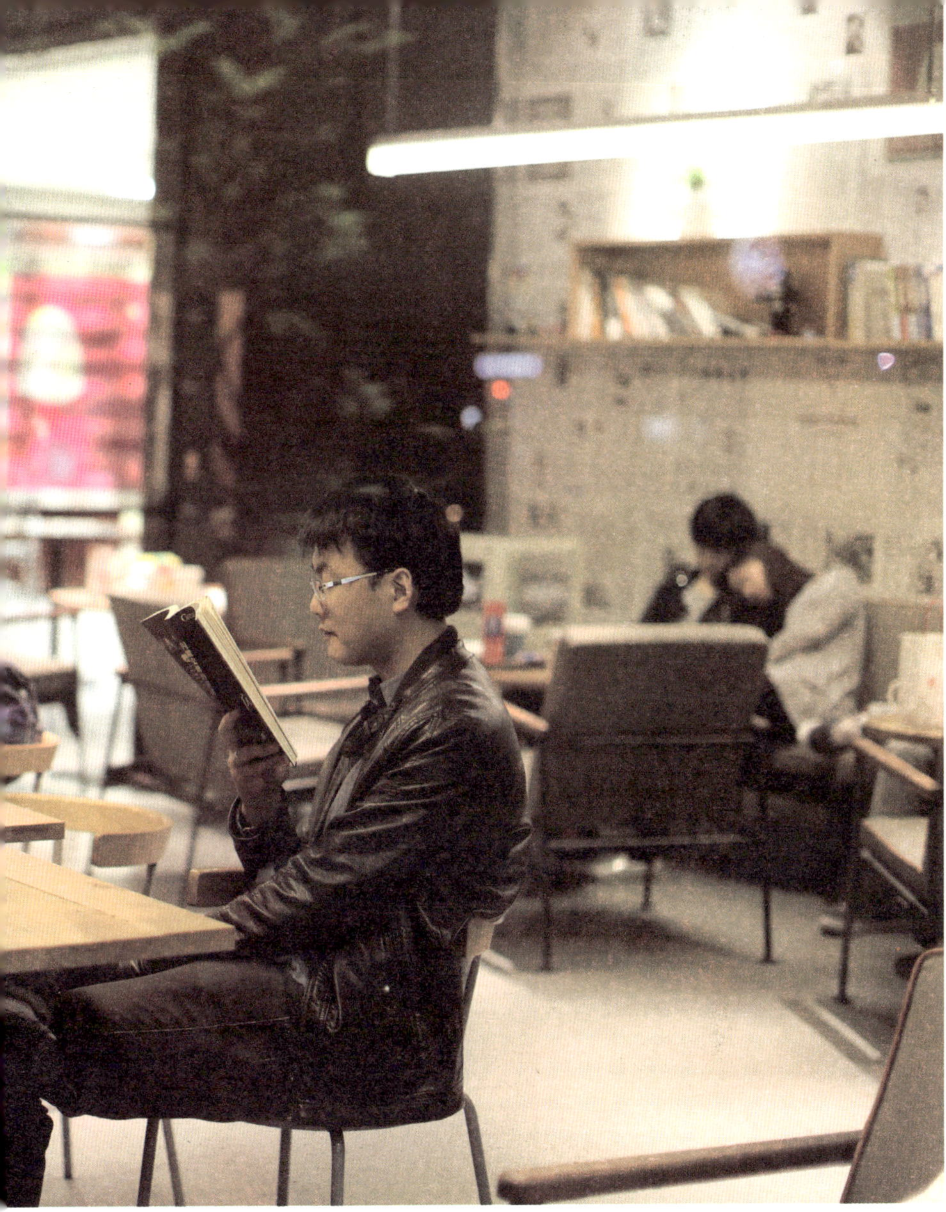

深夜书房，听起来应该是温暖和诗意的地方，它有人和人之间无形中的默契，有书带给人的微妙的力量，有人和食物之间无缘无故的依赖……

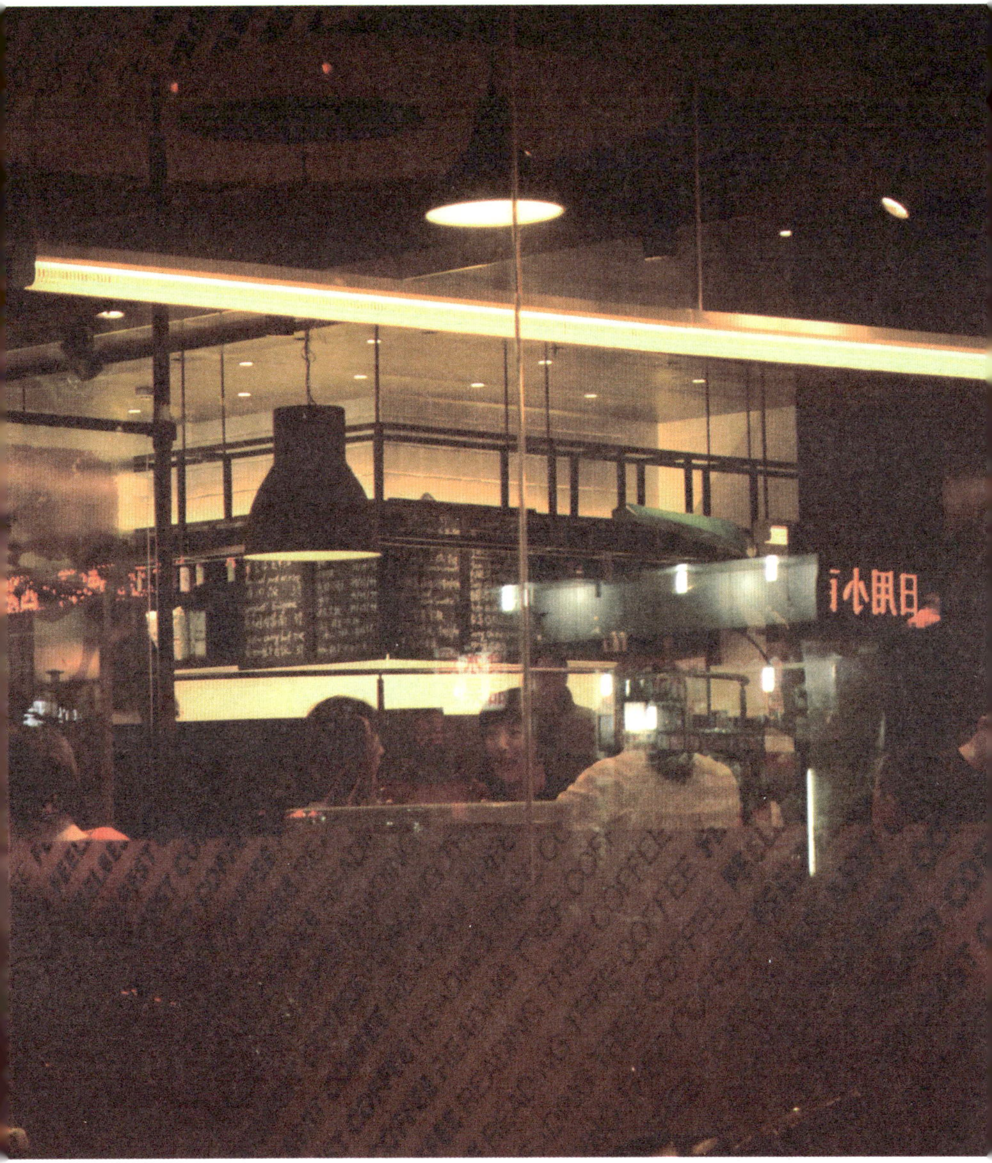

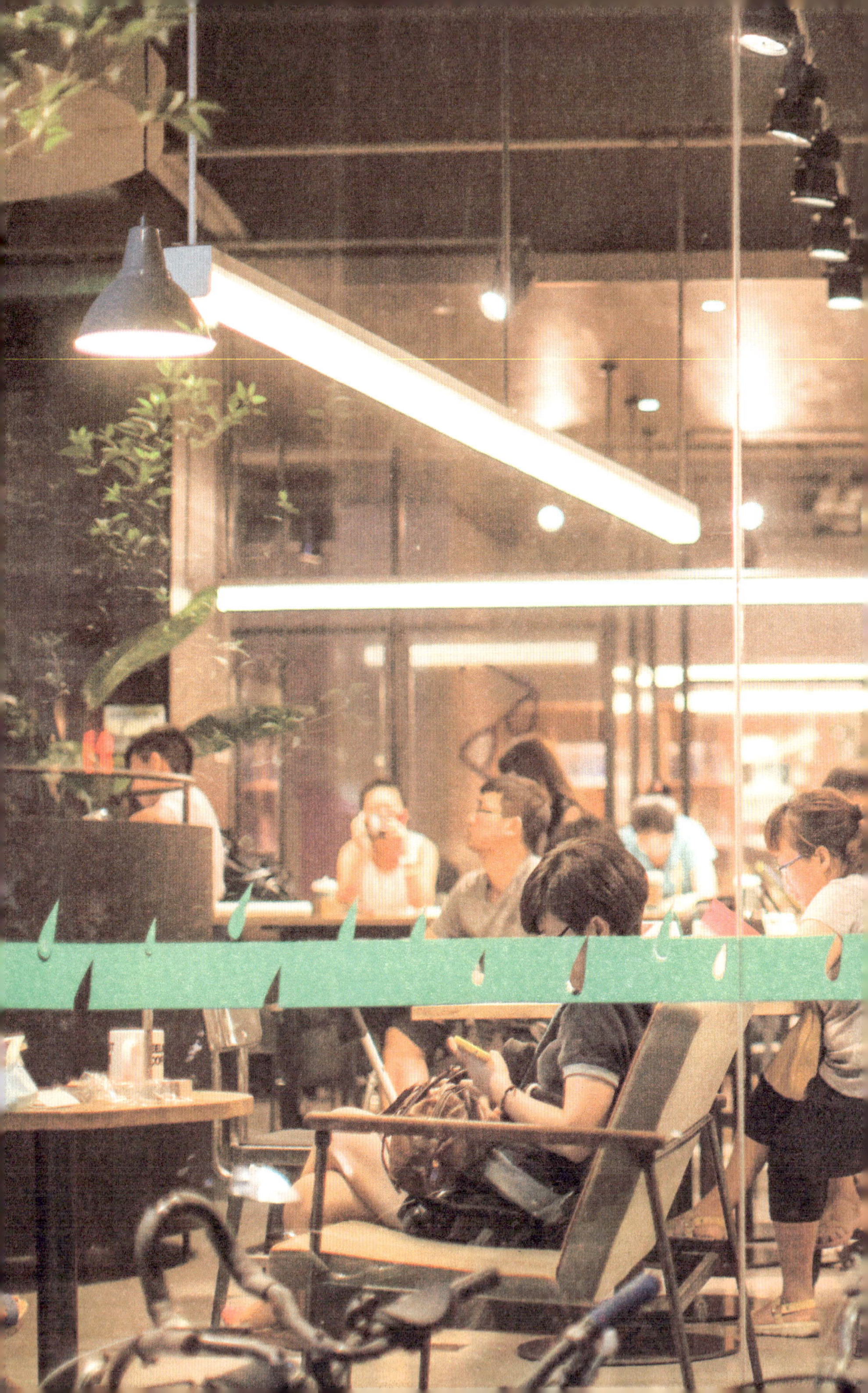

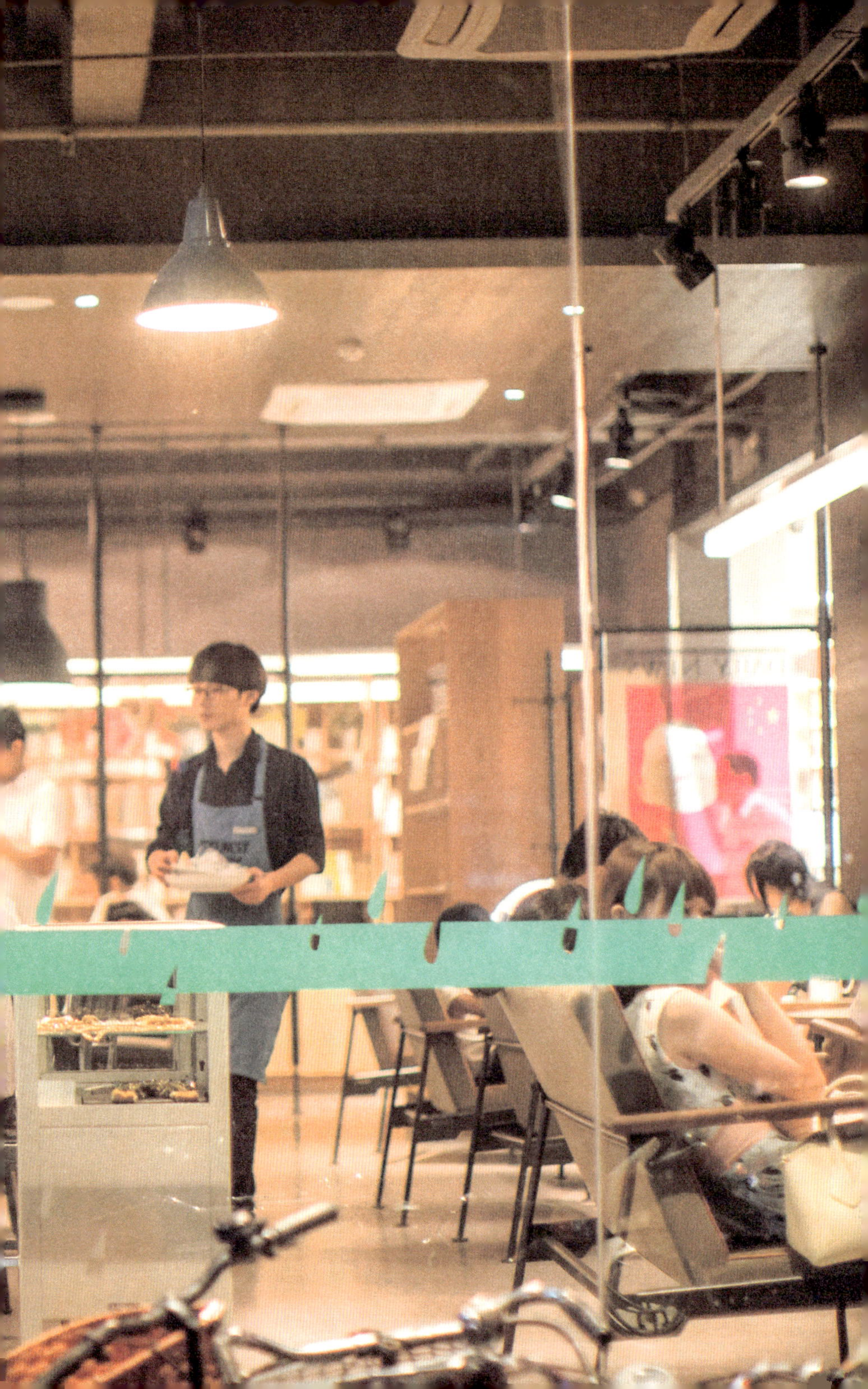

亲爱的陌生人，我们没有捅自己的勇气，
也不善罢干休，就像做了一场梦，醒来照
见未曾赤裸过的理想。

推荐序 / 陌生者约会

  觅得一本好书,如果这又是一本意料之外的好书,心里会生出一种难以描绘的喜悦和快感。前几天我和一位朋友相约在西四十字路口附近的一家咖啡馆见面。在去往咖啡馆途中,我突然发现不知道什么时候新开的一家书店——正阳书局。我看了看表,时间尚早,就迈步而进。在一排排旧书中,一眼就扫到了董鼎山先生的《天下真小》,现价60元,立马拿下。虽是1984年5月三联书店出版、封底标着定价2元的老书,但品相精致,保存如新,有如珍本,唯有一点点光阴的迷人的泛黄。书的扉页有原来主人的铅笔字迹:"Jenny 4,June,1985 三联门市部。"

  如此一来,我觉得我不仅仅是跟即将在咖啡馆的朋友碰头,也是和董先生、Jenny小姐的约会,而与后者的相遇更是充满了一丝奇遇和梦幻的况味。虽然于我们来讲彼此是陌生人,可是捧书在手的那一刻,我又觉得这陌生却是如此温暖。想起一位歌手唱的两句:"凡事皆有神迹,只需用心体会。"

美国作家杜鲁门·卡波特有一篇似小说又像闲谈的短文《你好，陌生人》，一个中年男人带着他的小儿子去海边游玩，捡到一个漂流瓶：

你好，陌生人。我叫琳达·蕾莉，12岁。假如你看到这封信，请回信告诉我，什么时候、什么地方看到的。要是你给我回信，我就给你寄一盒我自己做的软糖。

而后，接下去的故事就朝着中年男和我们都不可预知的方向开始了。有爱却苦涩，甜蜜也荒唐，悲剧又喜剧化，涌动着陌生却迷人的节律。

每一本书都有它自己的轨迹和命运，就像每一个人，一个陌生人，抑或那个漂流瓶。你是否觉得人世间最美好的相遇总是和书有关呢？而书总是和夜晚及旅途关系紧密。夜晚为静，旅途是动。不过两者也可以反过来，常有人走着走着，走到心如止水、酣然入眠；也有人在夜晚的顺序里弹拨、欢愉，直到梦里还难舍难分、激情不减。

陌生人，是一个美好的字眼。它预示着未知和无数的可能。如果这一切又和书有着丝丝缕缕的牵连，就更加动人而不可思议了。就像多年前第一次见到美丽的蒋瞰，那是一个普通的晚上，我在一家已然不复存在的野草莓咖啡馆与朋友闲话，忽然，进来三位陌生的女子（其中一位正是蒋瞰，真像我喜欢的作家陈染）。虽是陌生，但可以感觉到她们身上有着我们喜欢且熟悉的书香气。于是我们仿佛置身在一条夜晚的温暖河流中，随性荡漾，轻松相谈，在陌生的节拍中获得了默契的享受。

如果你是一个旅人，你漫游在一座城市，在夜里你无心睡眠，于是你命中注定般走进一家书店,看到一本书——

《晚上好,亲爱的陌生人》。

钟立风
2015/3/27
于乌鸦旅店

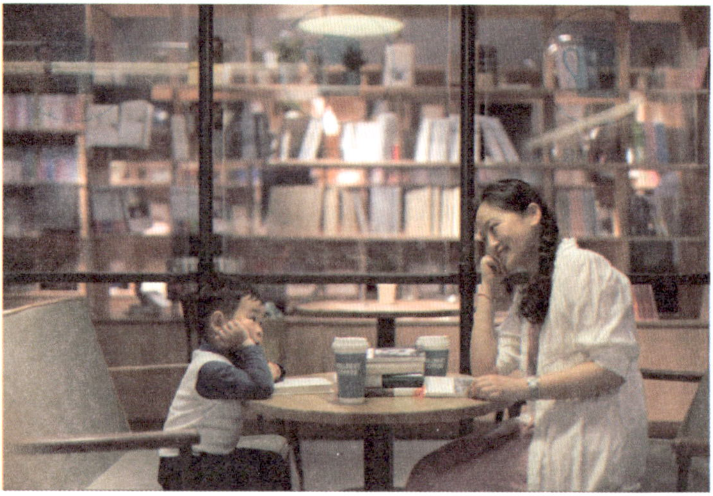

自序 / 一本现代人的深夜记事簿

夜里，杭州，青年路的夜色中，小店陆续关门，不打烊书房的落地玻璃透出了昏黄的灯光。结束了一天，匆忙赶回家的人们，只是因为想做点什么而游荡在这城市中。

特殊的风格和环境，吸引了不少客人停下脚步。大家喝着咖啡，继续读昨天刻意放在书架某个地方的书，吃着自己钟情的食物。卸下一天的疲惫，或独自阅读，或谈论着遇到的趣事。在书页和食物的香气里，在深夜特有的幽静和稀疏的人群里，一出出或温暖，或喷血的故事被娓娓道来。有悲有喜，暗合着食物和书的酸甜苦辣。

我总是在想，夜色如此迷人，人们为什么稍事整饬来到书房，而不是穿着睡衣在床上四仰八叉？直到我做了这家特别的书房的服务生。

书房兼具咖啡馆的功能。有人揪着这个不放，说它"不纯粹"。可是，无论是卖书的咖啡馆，还是卖咖啡的书房，对我来说没有什么两样,倒是它真正的特别之处——从不打烊。尽管如此张扬,但一开始人们显然还没从意识上扭转过来,因为我常要回答诸如"你们24小时书房几点关门"这样要命的问题。

书房在传统的国营新华书店里面,因为是24小时营业,所以开设了两个通道:一个和书店相连,晚上9点前,客人可以从书店进入;一个是独立门,在另一侧的青年路上,永不锁门。夜幕降临,周围商铺的灯光暗下来,只有书房灯火通明。

书房是个活生生的小世界,是夜归人的集散地。绅士和混蛋,时装人和乡巴佬,家庭型和商务人士,来者都是客。他们把书房当成图书馆——借书、银行——借钱、邮局——收发私人信件、寄物处——临时存放物品、新书发表会场——朗诵新作,或许以后还可以为流浪旅人挂单,为沙发客提供床位……总之,每个来的人,都用自己的方式度过夜晚。

我是这个书房的服务生,我总是与客人保持着一定的客套,满足他们的合理需求之余,当个听众就心满意足了。

在书房的深夜度过了365天,以至于很多时候,在老远的地方就能一眼认出一个人,因为即使是半侧着身子甚至是背对着我,我也能认出来。他们是我的"眼缘人"。

每个人都是这个万千世界里的小人物,他们在深夜来到书房。

他们是惺惺相惜的老编辑和记者，是因为一个特殊椅背相遇的青年，是吃着椰香吐司去海南寻梦的保安，是黎明破晓前一起喝酸奶的读书人……毫无疑问，这些在书房里出现过的都是这个城市里的平凡小人物，他们所经历的一切不停在春夏秋冬又一年之间重复上演。之后还会有新的记者、编辑、艺术家、育婴师出现在深夜书房里。

因此，只要傍晚灯光一亮，我知道，这是对这个服务行业最不可割舍的眷恋，便不去计算薪酬涨幅能不能跑赢通货膨胀率。有人说得好：是谁传下这行业，黄昏里挂起一盏灯。

吞下寂寞的恋人啊，深夜里的故事，你不知道；但我知道，我讲给你听。

我要留下一本现代人的深夜记事簿，用来谢谢深夜相逢的人，夜晚让我们如此亲近。其实，我们都该热爱这个世界和城市。

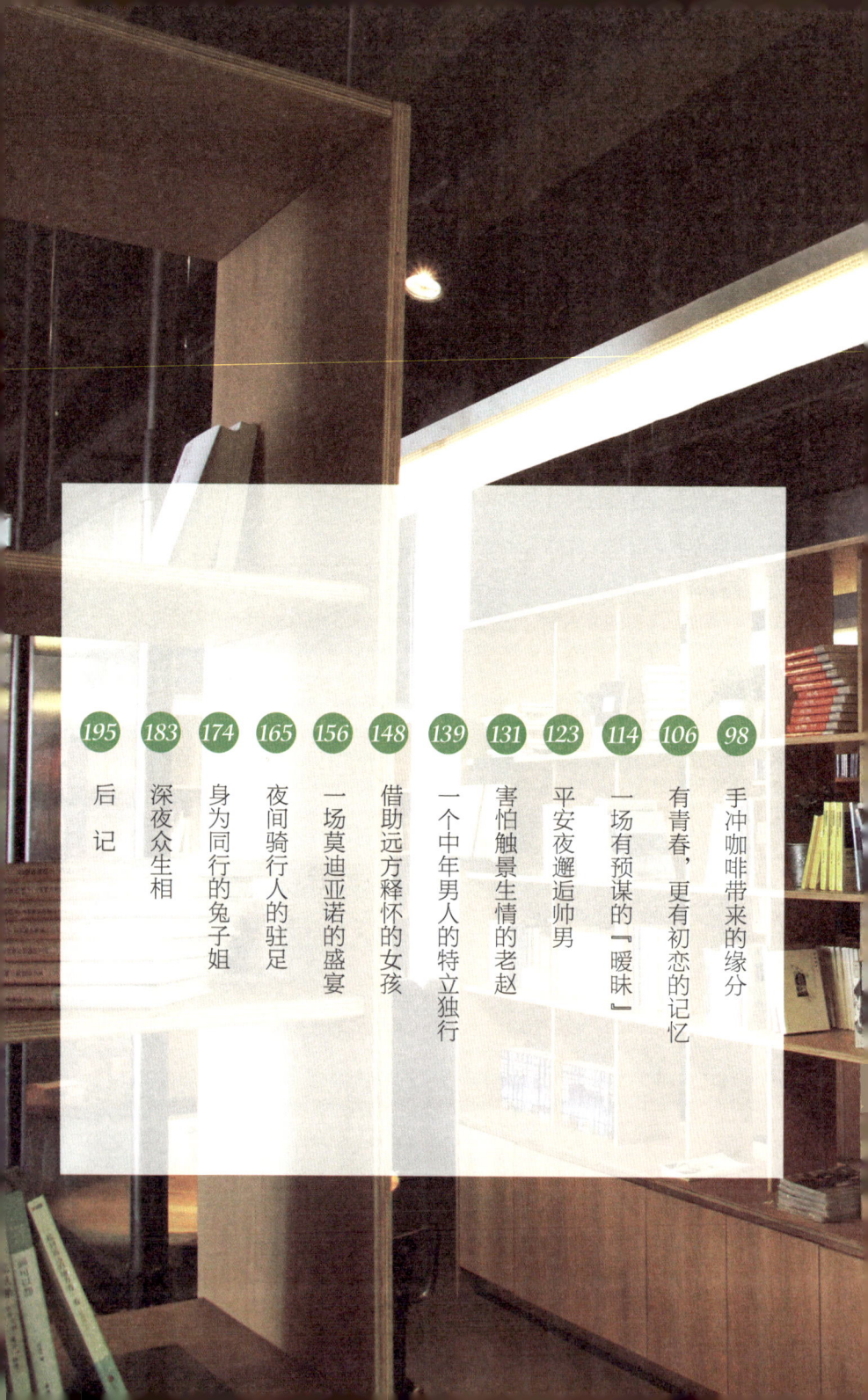

编号	标题
195	后记
183	深夜众生相
174	身为同行的兔子姐
165	夜间骑行人的驻足
156	一场莫迪亚诺的盛宴
148	借助远方释怀的女孩
139	一个中年男人的特立独行
131	害怕触景生情的老赵
123	平安夜邂逅帅男
114	一场有预谋的「暧昧」
106	有青春，更有初恋的记忆
98	手冲咖啡带来的缘分

目录

晚上好，亲爱的陌生人

- **1** 推荐序＼一本现代人的深夜记事簿
- **1** 自序＼陌生者约会
- **1** 「碰撞」出爱的火花
- **8** 两代人之间无言的默契
- **16** 为爱试吃的90后小保安
- **22** 注定的际遇，浪漫的邂逅
- **28** 一直行走在路上的巴西女人
- **35** 两个逢场作戏的高手
- **42** 共享生命中的美好事物
- **50** 一段刻骨铭心的初恋回忆
- **57** 一个95后的温暖和诗意
- **65** 「马尔切洛」的甜蜜生活
- **89** 人生就是不断放下的过程

Reading Tree Coffee
悦 览 树
24 Hours

"碰撞"出爱的火花

> 遇见你,是我故事的开端,
> 但很可能,也是这个故事的结束。

"我只是喜欢你们的环境,想坐会儿,但是,我知道,不消费却占座是不对的,所以,你随便给我拿点什么。"说话的女子抱了一大摞书,厚厚的啤酒瓶底镜片后,眼睛并不朝我看。

这个时候,凌晨1点,我刚吃过一个店里的核桃杂粮天然酵母包当作夜宵。对了,我们员工的夜宵就是店里的产品,一来,不用离开店去外面买,毕竟是深夜小店,搭班的两个人需要随时相互依偎相互关照;二来,借此机会试吃,也好对产品有更多直观深入的了解,面对客人询问"这是什么"的时候也好得心应手。

可能胃里的酵母面包还没消化,胀气时反出来的是淡淡的面包味,说不定嘴角还残留着核桃渣,我自然而然依个人趣味向客人推荐酵母包,阳光玉米、黑裸麦杂粮、帕马森乳酪……这些我们店里的明星产品，口感略糙，但是热量低，脂肪含量低，对于我们这种"作"死的女人来说，既可以饱腹，又不会发胖，是为福音。

"面包倒是挺爱，关键是现在晚了，也不饿。"女客人并没有因为我的殷勤推荐而动心，一口回绝我。

"那就喝杯果汁？都是不掺糖和水，鲜榨的哦。"我吃饱了，加上夜里客人不多，有足够力气和耐性向她作推荐。

"都大半夜了，吃水果就是毒，而且糖分太高。"女子看了看手表，又茫然地把餐单翻来翻去。

我没有接茬儿，心想：爱点不点，本小姐马上就没有耐性伺候您了。

"这样，卡你拿去，爱刷多少随你，我买个座位。"女客人发话了。

这阵势，把我身边新来的小男生震住了，还有这样的客人？

我让小男生先去休息，我继续来对付这个客人。首先，告诉她，这样的做法是不合理的，作为良心商家，我们不设最低消费；继而，要真觉得累了或是困了，就找个座位坐下休息，只要静静的，不打扰到其他客人就好；如果觉得还是想有点消费才坐得心安理得，那么，我使出了最后一招：来杯自制酸奶吧。

"好吧，先买一杯。但是这个点，"她看看手表，"一点一刻，咳，先买了再说。"

"酸奶中的乳酸不但能使肠道里的弱碱性物质转变成弱酸性,而且还能产生抗菌物质,对人体具有保健作用。您别看现在晚了,酸奶能促进消化液的分泌,增加胃酸,因而能增强人的消化能力。"我边从柜台里取出酸奶,边往里面添加两勺果仁麦片,一边不忘记科普。

客人接过酸奶,我和她都松了一口气。

"啪",她始终耷拉着眼皮,端着酸奶转头的时候,和正好走过的客人撞了个满怀——说来也巧,夜里书房人本来就不多,人和人都足可以保持间距,不可能出现你推我搡的场面。事实却是,客人愁肠百转后决定收入怀中的酸奶被打翻了。

此人与食物无缘,我断定。

过客,哦,对!那个男顾客,显然也被这静寂中突如其来的声响惊醒,本能地抱紧了自己手中的书——哪怕他肯定知道,书是摔不碎的。定了定神,男客人即时反应过来应该关切女人有没有事之类,或者,还应该大度地帮女客人再买一杯酸奶。

"这个,是最后一杯。"我指指地上的一滩白色固液混合体,先于男人的发问宣告答案。

"不要紧,"女客倒是淡定,接过我的伙伴匆匆递来的拖把,"是我没拿稳。"

男客也去抢拖把,说这种事让男生做好了。一时间,焦点从酸奶转移到了拖把。要不是我实在看不下去一声令下"都给我坐下看书",估计他们还会继续争夺。

这时的悦览树不似白天一位难求,客人陆续离去,空出许多座位,长条桌、高脚椅、沙发,人们大可以根据喜好和心情随意落座。但在这样的夜晚,本不相识的男女却不由自主地选择坐在一起,靠窗位,面对面,共用一个中间桌,各看各的书,不说话,假装对方不存在于这个空间。

落地窗外是幽静的青年路,刚下过雨,路上湿漉漉的,灯光反射出光泽。法国梧桐树叶翻个跟头又掉下去,或是粘在玻璃窗上。扭过头看叶子,玻璃窗映照出两个人的脸,眼角眉梢都是同步的尴尬。

我一直以为醒着的夜晚是最难熬的,但他们的焦躁并不表现在五官,或者,他们本就心静,焦躁只是我们这些旁观者臆想出来的。摞起的书因为不断的抽取,不仅更换了原有的次序,而且混淆了书的暂时所有者——我指的是,因为不间断地各自抽取书来翻看,两个人原本挑的书都打乱在了一起。

书房回到最初的安静,我无事可做,趴在柜台上观看一场默剧。看样子,他们两人正在进行着一场泛读,并不是致力于一晚上要看完一本书,看完一本书的大概后,换取下一本时也多为盲取。不声不响,甚至不看对方。

约莫凌晨4点,书房有了点声响,两人放下书,小声讨论些什么。看神情,那么投入,女的翻一页书给男的看,男的双手交叉抵在后脑勺,人往后仰,不响,顿了顿,又直起身说些什么。男女之间的初接触总是在试探,你碰碰我,我逗逗你,因为艳遇地点在书房这样小资的地方;换了非洲大草原,险象环生英雄救美,或者西部荒漠,狂野豪情,估计就没那么含蓄了。

这次,除了递过两杯柠檬水,我没有借收拾桌子的机会去偷听,站在吧台里远远望去,就像观赏一部安静的文艺片。

出场人物:一男一女;
时间:相遇之后,天亮以前;
地点:青年路24小时书房;
事件:一次无意间的照面,一场无声无息的阅读。

所有的一切清晰直白没有任何想象空间,无关乎情节,只关乎细节。尽管我们连"他叫什么名字,她又叫什么名字"都不知道,却无损它本身的美好。

清晨6点,配送中心送来今天第一批货。我还没来得及盘点,原本安好坐着的男客人突然出现在了我面前。

"两杯果仁麦片酸奶,一个核桃杂粮酵母包。"他连菜单都没看,直接喊出两个品名。

我复述职业术语:"现在是早餐时段,买正价咖啡的话,面包可以打对折。"男客人摇摇头,就要酸奶。

他把早餐端回桌子上，女客人一改昨晚的千回百转犹豫不决，打开盖子，将谷物麦片搅拌了酸奶，大口舀，胃口很好的样子。

说起来，要不是她昨晚的"作"，这也不行，那也不合适，怎么会有猛一回头的一记撞呢？怎么会有这么惺惺相惜的漫漫长夜呢？现在享受属于两个陌生人的幸福早餐就是了。

【守夜人手记】

日久生情的人，是巴甫洛夫的信徒，一见钟情，才是真正的爱。

且慢，我并不认为他们之间一定是"爱情"，只是，从某种意义上来说，我所有的浪漫都在一夜之间消耗光了。这个夜晚，就是一生。无论他们之间有没有上升到"爱"的高度，但我相信，每一个人在某个特殊的空间，都曾钟情过一个人吧。

旁观者容易把事物的引申义外延外延再外延，因此我把这个夜晚当作不可复制的独一无二。"遇见你，是我故事的开端，但很可能，也是这个故事的结束。"就是这样，让我把这句话不由分说地套用在男客人和女客人头上吧。那些所谓靠年月积累的爱，也许是出于时间的训练，也许只是一种习惯。而一见钟情，则是一个灵魂对另外一个灵魂的天然感召。也许，在他们还未相见的时候，便已经互相吸引。

以至于很多人问我：后来，后来他们怎么样了？

相见的可能性必须要有一个续集来兑现么？未必。相遇、遗忘、重逢、再见……就像一个魔方，随意组合各种可能。而我能告诉你的是，我没有再见过他们。

无论如何，他们用一顿面对面的早餐结束了一个夜晚。早餐，比一天中的任何一顿饭都寄托了更多的感情，能够和你一起分享早餐的人，必然在你生命中有着举足轻重的地位。

两代人之间无言的默契

"两条平行线"按照自己的节奏在书房读书，
有的只是两人心照不宣的惺惺相惜。

刚过12点，我和上一班的伙伴做完交接，巡完场并收拾完一轮桌椅，来到门外，更新沿街小黑板上的活动讯息。这几天，出版社刚快递来两包欧洲自助游口袋书，放在我们书房供客人免费领取，我收了货后，赶紧把这免费的好事广而告之。

"书名号应该是在'口袋书'后面，而不是'2014版'后面吧？"万籁俱寂中，身后传来一个声音。

"这本书全名就是《欧洲自助游口袋书2014版》。"我应了声算是回应，没转头。

"'2014版'只是个辅助的说明，不应该算在书名里，不信你把书名号放在'自助游'后面，连视觉上也都会舒服得多。"这个声音没有因为我的"不尊重"而消失，而是带点"我为了你好"的苦口婆心继续说，"相信我，我做了30多年编辑了。"

"嗡"一声，我的脑子里立刻浮现出《编辑部的故事》里，戴着啤酒瓶底厚眼镜的老刘，较真儿而又勤恳地用红色毛笔在错别字上打一个圈，划一道线到方格子外，改上正确的字。又像是革命进步人士牛大姐，常怀怒其不争，最后只能化成一句：你们年轻人啊。

我定了定神，犹豫着转过头，眼前一个挺拔的半老头子，戴一副黑框眼镜，穿宽松的灰色的麻衣麻裤，提一个印有"美德"二字的麻制手提袋，笑吟吟地盯着黑板。

"看在比老刘洋气的分上，我就依您吧。"我嘴里嘟哝，转过身去，按照老头儿的意思，在黑板上略作修改。

站起身，掸掸灰，我和老编辑一起推门而入。我走进吧台，他坐在长椅上。他从"美德"手提袋里取出两本书，书名字体很大，《东京梦华录》和《武林旧事》，翻开到折角页；取出一个笔袋，拉开拉链，手在里面掏了几下，取出其中一支。

有的读书人有个习惯，手里必须握着一支笔才算是看书，哪怕最后因为看得投入压根没用上笔也算安心。下划线、旁注、心得……书中的文字和意境都掺着读书人当时当事的心境，让读书这件事变得更为私人。所以我们买书，而不是借书，让"乱涂乱画"成为读者和作者的某种联系。尽管也有人说，涂涂画画实际上是读书人借助笔来和书对话的一种方式,是一个寂寞读者的习惯,好像认定自己永远找不到知音,只能与纸笔交谈。

站在吧台里,我常会观察到客人们各式各样的握笔姿势。看到左手翻书页、右手转笔的客人,就像映照出了自己,禁不住一笑;今天的老编辑握笔极其特别,明明是一支钢笔,却是执毛笔的手势,一笔一划煞有介事,就差手臂悬空了。

夜里1点半,老编辑起身来到吧台,他要我推荐低热量、低胆固醇又可以饱腹的东西。我二话没说,将当家产品——黑裸麦天然酵母包隆重推出。

"高纤维、低热量,我家的这种天然酵母面包不添加油脂、砂糖、奶粉和鸡蛋,真的是健康无负担。"我边把小号的面包切片,加热,作为免费试吃的样品,先给老编辑尝尝,试探他是否接受这种寡淡。

"年纪大咯,不能再像年轻时那样,临睡前还吃粽子啊、年糕啊,尽是不易消化的。"老编辑吃了一片,点点头;又拿了一片,说要买一个。

他在吧台等着我加热后,自己端了面包,回到座位上,边吃边翻书。咀嚼面包的过程也在消化书中文字的含义。

我做完手头点单的饮料,猛然想起该倒一杯柠檬水给客人。

走出吧台,将水轻轻放在面包旁,老编辑换了红色笔在书上做批注,一字一顿,写得很认真。

"这面包口感不错呀！"老编辑跟我说，"剩下的我一时吃不下，你能帮我打包吗？明天还好吃。"

凌晨3点，老编辑抱着打包袋，走出了书房。

这以后，几乎每晚老编辑都会来，待我开始仔细算日子，统计出一个时间规律——除周五周六两晚缺席外，其余天数里，他都是夜里12点左右来，3点左右走。这几天，那本《东京梦华录》已经换成了《梦粱录》。倒是酵母包不变，吃一半，一半打包。

"你不知道夜晚有多迷人，我们年轻的时候，做完版面，情绪还处在亢奋期，一群人在街上唱歌，《昨夜星辰》啦，《无言的结局》啦，都是我们那个年代的流行歌曲。"

"每个人都有自己的黄金年代，对我们来说，多少个夜晚，用'之'字画在绿色小格子的版面图上来表示文字的走向，现在玩电脑的人都快要遗忘了吧。"

"一下子退休，不用坐夜班了，看上去是该安享晚年了。但是，哪里睡得着噢。喏，就像现在，家里老太婆要睡觉，年纪大睡眠轻，我翻一页书她就要被惊醒。还好啊，有个地方收留我。"

陆陆续续的，我知道了很多老编辑的情况。他怀念他的黄金年代，但又赞叹现在的读书环境。"我们那时候只有一个新华书店，多数时候只能隔着柜台，涨红了脸，让营业员取一本，站着看一天。"

某天凌晨,他走的时候,我提议:不如把书放我们这里,省得每天提来提去。

谁不是说过,书吧或是咖啡馆,早就被赋予除了它本身功能之外的多重含义,比如寄物所、电话亭、零售店……不曾想,我这一"寄存"的提议,引来了下一个夜猫子。

本来,我并不知道他是谁,那个周六,这个看起来40多岁的男子买了一个大杯咖啡,和一个黑裸麦酵母包,等找零的时候,瞄到收银台旁边的《梦粱录》,以为是我们小伙伴的,便提出要见见。他的理由是:爱这书的人可以做朋友,所谓志同道合。待获知书的主人也是我们的一位常客,并且今日不会来时,中年人表现出了些微的失落。

他幽幽地说:自从大学毕业后一直翻来覆去看不厌的就是这本书,因为书里描述了宋时临安城的节日、风俗、习惯、饮食文化、名人踪迹、旧时梁榭,是现在杭州的参照物。说完后自报家门:××报社会新闻记者。

他在书房转了一圈,力图找一个最佳座位。巧的是,待他一屁股坐下,竟然是老编辑的固定座位。那天是周五,是老编辑每周例行住到女儿家去的周末。

视每天去现场采写突发事件的时间不同,中年记者来悦览树也会相应时早时晚,但是无论如何一定会来,因为他要完成自己定下的硬指标:一周读完三本书。

顺溜浮躁的年代，不逼自己一下，就滑下去了——滑倒在吃垮身体和消磨时间的夜宵中，滑倒在只会用流行语不会说成语歇后语的快速消费时代。他说，要对自己狠一点。

每晚交稿后的几个小时是真正属于自己的，从报社一路走来，是清空白天车祸、火灾、医院、哭声的最好过渡。夜的魅力，在于你有不同于白天的陪伴，蝉叫，风动，星辰闪烁，从大排档到书房，你已经不是昨天那个你。

有几次，中年记者是哼着这样的小曲儿推门而入的：

睡意朦胧的星辰／阻挡不了我行程／多年漂泊日夜餐风露宿／为了理想我宁愿忍受寂寞／饮尽那份孤独。

中年记者和老编辑的第一次照面，就是因为这小曲儿——尽管中年人哼得很小声，但因为周遭的宁静，还是让灵敏的老编辑给听到了。背对着收银台的他扭过头看了看正在埋单的中年记者，笑了。

埋完单，端了面包和咖啡的中年记者一看两天前的座位有人，便在旁边的旁边坐下，和老编辑并排坐在长椅同一侧，中间隔了一个空位。

我没有介绍他们认识，他们俩也没有跨过中间空位的"雷池"。各自读书，各自吃面包。老编辑将面包一半吃掉一半打包，中年记者有时会把面包剩下一点，有几次他向我建议：半夜里吃不下太多，是不是可以做小一号的酵母包。

两条平行线按照自己的节奏在书房读书，久而久之，约定俗成的默契越来越多，比如，他们永远相邻而坐、中间隔着一个位置；比如，老编辑不再把面包打包，而是将盘子挪到两人中间；那个时候，中年记者就会倒两杯热水，一人一杯；中年记者先到的日子，他先买好面包，摆在中间，轮到老编辑倒水；我和他们也有无形的默契——无论谁去倒水，转头经过吧台的时候，一定有两片柠檬片准备妥当。三个人所有的语言都在一个微笑、一个手势。

周五周六两晚，老编辑不在的日子里，中年记者改买我们新推出的小号黑裸麦，这个size最早来自于他的建议，一个人吃正好。

中年记者其实早就知道旁边那个人就是《梦粱录》的主人；老编辑其实天天要看中年记者所在的××报。但他们自己都不知道他就是他（也许他们没有共同的微信朋友圈朋友），知道的只是：他爱读书，他爱吃天然酵母包。

【守夜人手记】

如果不是我的存在，这其实是一个无声无息的故事，有的只是两人心照不宣的惺惺相惜。

夜班编辑，职业赋予他们通过文字传递真相和情感，他们来到深夜书房，是热情理想牵绊着生活作息后的惯性；社会新闻记者，他们的黑夜一直比大多数人丰富，就像这位中年记者，会因为采访而晚到，会因为中途接到电话奔向事发现场而中断文艺的夜晚。

现代人太喜欢说了,他们用滔滔不绝的语言来掩饰内心的寂寞和不安。然而,语言和默契从来没有什么必然的逻辑关系。

夜色温柔,省去了太多浊气的语言。人和人的关系变得微妙而敏感,繁文缛节和伪善被弃,人与人之间因为夜的屏障,没有了违和感。

为爱试吃的90后小保安

一个永远"吃不饱"的90后小保安,
只身远赴海南,只求与青梅竹马呼吸一样的空气。

书房的具体位置是在传统的国营新华书店里面,有点店中店的意思。因为是24小时营业,所以开设了两个通道:一个和大店相连,晚上9点前,客人可以从大书店进入,方便那些想看"励志类""鸡汤类"以及"劝你辞职去旅行"的读者去大店取书——我是个拧巴挑剔的服务生,拒绝这类书进入我的书房;一个是悦览树的独立门,在另一侧的青年路口子上。夜幕降临,青年路安静下来,周围商铺的灯光都已暗淡,只有书房灯火通明。

为防止客人将书"顺手"带到我的书房,再"不小心"走出门,我们在悦览树正门,也就是青年路路口上,设立保安一名。又考虑到要保障每一个人的夜间人身安全,保安们又被安排多轮一班。

两名保安,一老一少,一胖一瘦。那个年少且瘦的小保安,自打被调过来，就成了我们餐台的常客。作为一个正在茁壮成长的青年，抱怨食堂饭菜不够吃且没有油水实属常理，以至于夜宵每天自掏腰包，加餐吃面包。我们像对待所有客人一样，将他点的面包加热、切片、装盘，然后招呼一声"椰香吐司好了，麻烦过来取一下"。

小保安必定四周望望，确定没有人盯梢他"身为保安上班时间吃面包"后便踱来吧台取食，放在他早已勘察好的最佳位置——门边高出桌子几公分的柜子后面，面包放在桌子上，正好被挡住。他得以一边站岗一边进餐，还不耽误放哨——一有客人经过，就把手缩回，闭紧嘴巴，装得很是敬业爱岗，殊不知胃液浸润了甘味和心满意足。

椰香吐司香味浓郁，他总是问我海南是不是就充满了这种椰香味。海南，每次说到都双目放光，听上去像是他的朝圣地；红豆吐司有种惊喜感，因为你不知道什么时候就会嚼到甜甜的颗粒。他曾经问我，"红豆生南国"里的"南国"指的是不是就是海南一带；丹麦吐司的美好在于拉丝，双手并用，丝丝入口，但这种优雅的美味极不方便小保安"办事"——本来就是偷吃，总要低调点；枫糖皇冠有一层透亮的、琥珀般的糖浆做糖衣，以及隐隐的、不张扬的甜，但是手一抓就粘，吃过一次，小保安没有再点。要不是他觉醒得快，我差点嘲讽他："亲，要一次性手套吗？"

没过多久，小保安就成了面包达人，店里售卖的每种面包他都尝过。红豆吐司，是不是南国的红豆特别香？丹麦吐司，是丹麦出产的吗？枫糖皇冠，是不是皇帝爱吃的？除了问一些关于面包的专业问题，其他时候，他都很屌，"懒得说话"。

比如，我问他：你都不在正式编制内，消费不享受员工折扣，每天平均20块钱买一个面包，一个月也够呛啊！他只用两个字回答我：爱吃。

我调侃他：你到底成年没？是不是长身体所以常感觉饿得慌？他倒好，一个字就打发了我：呵！

要是有客人出门时报警器响起，他就往人家面前一站，也不说话，指指客人的背包，意思是：喂喂喂，你有什么东西没付款吗？

晚上11点上班，凌晨2点半食堂夜宵，3点钟来买面包。每有新品上市，我们就切成小块给所有在场客人试吃，小保安也在内。我会将最后的都留给他，他细嚼慢咽，吃得比任何人都要认真。只不过无论试吃哪一款，回过头都会去吃椰香吐司。

那天夜里，下了场豪雨，客人明显比往日少，但这并不影响小保安规律的作息。凌晨3点，他踱过来买面包。我说："今天客人不多，你要不要换个手撕面包，坐下来，慢慢吃。"

"椰香吐司一个。"他像是没听到我说话。

椰香吐司是我们店里最甜的面包了，我很少见一个男人如此嗜甜。

趁今晚人少，我故意噱他："不要告诉我你的意中人是个南海姑娘哦，然后你有着一份难舍的椰香情。"

他满脸通红，蹭一下站起来，盯紧了我。

这个年轻人,我见过他无礼,见过他傲慢,但没见过他凶狠。

一位在座的客人起身到吧台自助斟水,略略担忧地朝我们俩看了看,生怕会出事。

"这样吧,你都买了那么多面包了,该是我们的熟客了,今天,我送你一张熟客卡,今天就可以用,享受88折。"我故意扯开话题,缓和气氛。

小保安接过卡,定了定神,在对面的位置上坐下。

我补了一块椰香吐司到面包柜,把这位新加入的熟客做了个信息登记。

"我老家青梅竹马的女孩,跟了一个海南人走了,我看到她朋友圈里发的照片,总是有很多椰子,我想,和椰香吐司是不是一个味儿。"像是报答我送他的这张熟客卡,他说了史上字数最多的句子。但也就此止住,不再继续说下去,站起来,回到岗位。

之后的日子,我们见到,没有多余的交流,我每晚到点重复一遍那句不会有接应的话:"椰香吐司好了,麻烦过来取一下。"

每个周一,因为我要做周报表,总是错乱了原来的夜宵时间。那晚,刚从密密麻麻的数字跟前抬起头来,一个我们自家的牛皮外带纸包出现在我面前。我直起身,移开牛皮纸包,看到后面的小保安。他把袋子往我胸口一送,我一捏,软软的。

"面包!"面对我一脸疑惑,他一脸不耐烦。

"纸袋是前天我买外带面包时留下来的。"怕我骂他"擅自挪用"原物料,他没有解释这个不明不白的面包,反而先来说纸袋。

"面包,是我自己做的,椰香吐司,我要到海南去了。"

我还没反应过来,他就走了,留下一个依然没有发胖的背影。

"死相!"我一跺脚。

"去找他的南海姑娘咯!"伙伴显然对我的跺脚表示鄙夷,好像答案显而易见,没什么值得大惊小怪。可为什么伙伴都知道他的故事?

我打开袋子,一股浓浓的椰子味,造型和我们柜台里的差不多,却分明感到多放了好几倍的椰子粉和椰丝。

那是海南的味道?

【守夜人手记】

多放了椰子粉和椰丝,是因为感情浓烈,生怕椰香味不够浓郁。我想象不到他做面包时的表情,恶狠狠的?笃悠悠的?狠心狠劲儿的?

小保安是个90后,脾气大,话语冲,乍一看目中无人,但保有纯朴的做人原则：正价购物，从不油嘴滑舌；注意形象，不给书房丢脸；想到要将送我的面包装袋，提前买好外带牛皮纸，坚持不侵占公共资源；尽管在吃吐司这一件事情上，显得有点小孩子气——似乎回到了我读书时，偏偏是课堂上偷吃才刺激，下课可以放开肚子大吃了，食物立刻就失去原有的诱惑了。

我不知道他是去海南找他那位青梅竹马的姑娘了，还是仅仅为了抵达她所在的那个城市，呼吸一样的空气。90后的爱情是不是非要得到才算是，或者，我不该把这个人类崇高的话题用"年代"和"身份"来标签。只是，他给我留下的这只椰香吐司奶香味浓郁，我一个人吃，香味就在小屋子里肆无忌惮地弥漫开来。

我有点想念那个只对我"呵"的小保安了，拿起手机，用短信群发系统给他独家制定了一条短信：亲爱的朋友，悦览树新品上柜，北海道吐司、北海道红豆吐司、蓝莓面包卷、燕麦布丁；亦有悦览树招牌椰香吐司等你来吃。

PS.我把写完了的故事发在朋友圈，过了几天，朋友发了张截屏过来，说她家的猫在舔椰香吐司的面包屑。底下有人评论：长大后它成了书店保安。

注定的际遇，浪漫的邂逅

书房有一排缘分椅，位置很俏，
因为每个人都想像故事里的男女主人公一样，发生点什么。

"啊，原来你也在这里？"寂静的夜书房，两个客人的这一声惊呼，算得上一阵够分量的微型霹雳。

两人瞬间将头扭了过去，朝我这边扬了扬手，又抱了抱拳，表示"不好意思"。

而我，分明看到伙伴本要夹面包的手停在了空中。我敦促了他一声："嘿嘿，干活干活！"自己反倒趴在柜台上，像模像样地看起了现场电影。

那是两排挨在一起的长条桌椅，椅背在两条长椅中间，能够前后活动。两个贴背而坐的人无法共用——一个后仰必定导致另一个前倾；倒是背对背相邻而坐的人，若是在同一时间往后靠，就会出现刚才的画面。

两个本来背对背坐着相安无事的客人，捧着书同时往后一靠，一个往左看，一个往右转，怔住，并相视而笑，同时喊出了声，引得我和伙伴同一时间往那边看。

应该是多年不见的老友，我想。

我清楚记得女生先来，固执且有主见，并不理我推荐的那些行销饮料，而是要了一杯最传统的原味拿铁。姑娘长得真好看啊，一股书卷气，我是女生都不免喜欢。当然，更多的好感来自她手里抱着的一大堆书，不管底下是言情还是武侠，反正我看到面上是费孝通的《乡土中国》，而不是青春少女们一窝蜂看的"说走就走的旅行"。因为书太多，我特意走出吧台，帮她捧去桌上放好。所以，她的座位，说起来还是我挑的。

男生，是张熟脸，书房开业后常见他来，背个双肩大书包，视当日客流情况而定，坐过长条椅的不同位置，一杯滴滤咖啡雷打不动。

战士有军营，作家有书房，医生有手术台，吧台，就是我的领地，我自由游走于一侧的收银台和咖啡机，以及另一侧新鲜松软的面包、蛋糕和松饼柜，我站在柜台里看人。

极目远眺，最远是马路对面的水果店，上白班的时候，透过落地窗看匆忙的行人，和好奇前来张望的人；到了晚班，外黑内亮，玻璃反射出每一个背对我的客人的脸，以及正对我的客人的背。室内中景是那两排长条桌椅，相比另一个区域里的沙发，它们略显硬朗。

但这依然是我们室内设计师最得意之处，他迷恋这样不点名道破的邂逅，始终认为人和人有着某种注定的际遇，因此，他将所有对浪漫的理解和期望都含蓄地表达在了这一桌一椅之上。今年初，我看着设计师、装修队将这个巧妙的布局落到实处，我叫他们"缘分桌椅"，也一直默默观察和期待一瞬间的迸发。

当然，站在柜台里，还有点君临天下的味道，我放肆地将每个人的穿衣打扮爱好习惯摸个一清二楚。

"他们素未谋面，所以他们确定彼此并无瓜葛。但是，自街道、楼梯、大堂传来的话语——他们也许擦肩而过一百万次了吧？"

要是老板知道我不好好干活，尽在那儿意淫，该揍我了。

"干活干活！"这回是我的伙伴来催促我了。我挡起托盘和抹布，走出柜台去收拾。

刚刚偶遇并重逢的这对男女正在小声交谈，显然还没从此身此地回过神来，因为他们维持着最初的姿势——背靠椅子，歪着头。女生手上捧着书，身子后仰；男生一只手压住桌上的书角，一只手搁在椅背。他们说得很轻，我偷听不到，倒是两人时不时露出"天哪"的表情以及紧跟着的笑声，让我猜测是不是该说到"天呐，那谁也结婚了""天啊，那谁也做爸爸了"这些感叹时光的话题，惊讶又无能为力。

等我从另一个区域打扫回来,他们调整了布局,并排坐着。分析形势,是女生直接转过身、跨过长椅坐在了男生身边,她的书还在老地方。

"不好意思打扰,我帮你把书搬到这里来如何?"我的搭讪可是振振有词的——作为服务生,时刻肩负着腾出座位给其他客人的重任。

"抱歉,"女生抬起头,"我放回书架去吧。"

我没有说要帮她,而是回到吧台,以一个伙计该有的眼光继续直视。男生收拾了书包,向我走了过来,在柜台前来回踱步。

"想吃点什么?我们的松饼卖得很好,现在有红豆、提子和巧克力三种口味;或者试试我们的健康天然酵母包,帕马森乳酪奶香味较重,黑裸麦口感略淡,核桃杂粮是我个人最喜欢的。"我一口气说了一堆。

男生还在犹豫,倒是女生放完书,走了过来。

"核桃杂粮两个打包。"女生对我说。

和我的口味一样!心下满意,忘记搭理男生。

"每个开始,毕竟都只是续篇,而充满情节的书本,总是从一半开始看起。"辛波斯卡真是犀利,早已用诗篇讲了故事。

他们并肩往外走,出门的时候,和那个每天要在书店和咖啡厅两处来回走好几遍的乞丐迎面撞上。男生欠了欠身，让出通道给乞丐，并让女生先出门。刚要下台阶往大路上走，女生止步，掏出手机，透过落地玻璃窗往里面拍。应该是拍下那个让他们相遇的缘分桌椅吧，我想。

屋外，是深蓝的夜空，靠近书房的那棵壮硕的梧桐树被打上了一层柔和的光。有某片叶子飘舞于肩与肩之间，有东西掉了又捡了起来，天晓得。这样深的夜，下过雨的街，从外往里拍是最好看的。而这一拍，正好把我拍进去，虽然没有导演，但我确定，我一定是目视镜头的——充满对下一段缘分的渴求。

【守夜人手记】

英联邦国家的繁忙主干道交汇处，都设有一个圆形按键，人们过马路时，如果对面是红灯，便要按一下。其实这是一个绿灯预约开关，按下开关后，横向信号灯会在一分钟后变为绿灯，持续45-60秒后结束；如果无人按下开关，则横向红灯会保持常亮。我在澳洲留学的时候，曾亲眼见到两个陌生人，同一时间把手伸过去按开关。如你所想，他们的手搭在一起，对视许久，哪怕对面绿灯已经亮起。然后，他们相爱了。这个女的是我同学，我们在一起说得最多的是，如果当初是我去按开关，那会是怎样？

我一直宿命地回答她：不会怎样。因为我始终相信，缘分这件事，是生长在生命肌理里的。同一场景，换一个人，不一定不会有"后来"。谁不是被缘分戏弄？

我不知道故事里男女的前世，也不八卦他们的未来，只是在这一刻，他们确实遇上了。其实，我在上班前或是下班后会在缘分桌椅前坐一坐，也倍加留意身边的人，准备好的台词预备随时脱口而出。

凌晨，杭州的街道刚刚苏醒，鸟群起落，转过青年路的转弯口就到了主干道解放路，店铺闸门缓缓升起。好几个女孩我都错以为就是刚才店里的她，黑发映着阳光，步伐轻快如小鸟，然后，他在她身后目光含笑，心有所思。

记得含着露水的湿润空气，红绿灯闪烁的路口，小摊上码放整齐的栀子花束——那是这个城市独属于你的清晨，有着他曾来过的印记，正如那是男孩和女孩的夜。

一直行走在路上的巴西女人

一个离婚一个癌症,两个巴西苦命女
闭着眼睛在地球仪上选择旅行目的地,一直行走在路上。

晚上,上市公司创始人兼骑行达人张向东要带着他的新书《短暂飞行》做客我们书房的"悦读会"。是的,作为一家书房,但凡名人出书并且出版社有落地新书签售、分享会的计划,我都会邀请过来坐坐。作家卖书,我兜售名声,客人看到偶像,多方得利,利人利己。

那天我特地提前几个小时上班,布置现场,调试音响和PPT,把两张高脚钢椅挪到主讲台,呈45度角摆放,营造出对谈的气氛。

海报贴好,X展架立起,投影幕布挂下,桌面和地面一尘不染,我站在柜台里,环顾我的小店,表示满意。扫视完一圈,突然见两个外国女人站在落地窗前好奇地往里张望,远远望去,她俩的焰红嘴唇分外引人注意。个头稍小的那个穿黑白收腰连衣裙,一手扒在玻璃窗上,一手招呼友人来看;友人块头很大,穿黑色宽松上衣和长裤,右手挡住头顶的光,像是要尽力看清里面的一切,越靠越近,鲜红的嘴唇差点就要在落地玻璃上留下艳丽的唇印。

我借扶正X展架之名走出门,转头向老外招呼:嘿,何不进去坐坐?这是一家24小时营业的书房。

就像当年我在国外,异乡这个特殊环境下造成的犹豫、担忧、疑惑会因当地人一句"你好"和一个微笑瞬间融化,世界顿时光明万丈。

两个女人同一时间转头朝我:"噢,真的吗?太好了,谢谢你啊。"

她们进门了,勾肩搭背,激动万分,就像读书时,一听到大赦天下的下课铃声,小伙伴们结伴上厕所时的那种暂时遁世的偷乐。两人欢快地推开门,颠到书房正中,像是想起了什么,互相做了个"嘘"的手势,默默地把书房逛了个遍,跑到柜台前,连连赞叹:环境不错呀,真好啊,晚上也营业?真不错!说完便俯身在柜台前,指指产品,悄悄耳语。我尽力听,却陷入了失聪境地,说的不像是英语。她俩紧跟着要了份菜单,从头到尾读了一遍——这点真要感谢我的老板,当初是她坚持在悦览树所有出现中文的地方,必定跟着英文。

"啊哈,我们在商量明天的早餐呢,她要帕尼尼,我可能会来一个红豆松饼。"那个小个子的女子说。

"我们明天再来噢!"自始至终,都是小个子女人在说话,大个头的负责点头和微笑。

我凌晨6点下班，还不确定能不能亲眼看到她们最终选择了什么样的早餐，这个期待很快就被潮水般的读者掩盖了，他们看到"悦读会"的预告，早早前来占位。

晚上8点半，张向东本人和此次活动的嘉宾——杭州当地著名文艺中年兼诗人抵达，在投影下的高脚椅落座。幻灯片第一张，写着"谁不曾与世界为敌"。张向东说：年轻时候，世界是我们的敌人，创业、环游世界……这些梦想都是和世界这个敌人作战的方式。底下年轻人连连点头，举起相机。

突然，我看到两个熟悉的身影，不是，应该说，四瓣烈焰红唇。她们在调暗了灯光的书房里格外夺目。

"他是在讲骑自行车吗？"我扭头看幻灯片，画面上是张向东自己的单车。

"是呀，这人是个骑行高手，七年骑行了五大洲万里路呢！"我用英语回答她们。

还是这个小个子的女人和我对话，大个子的加入到了读书会的行列，津津有味地看着幻灯片。

"哎，真不错呢，我们也想这样周游世界。"小个儿的女子站在吧台边。

这个时候，书房已经没有空座位了，也许是看到国际友人，竟然有人给她们让了座。

我开始为她们制作浓缩玛奇朵,这种在浓缩咖啡上浇盖发泡牛奶的东西并不是中国人基因里的东西,美国人也没有,开业至今我从来没有机会用过浓缩咖啡杯。一晚来两趟,首点浓缩玛奇朵,这两个女人开创了书房的两个第一次。一块巧克力蛋糕,两杯浓缩玛奇朵,当我将食物送到她们面前时,高个子女子突然拉住了我,摊开一张杭州地图,要我给她指指现在所处的位置。

"你知道我们为什么来中国?"指完方位后,小个子女子突然问我。

这个问题太宽泛了,作为一名爱国青年,我认为老外来中国是不需要理由的。

"那么,我来告诉你",看我发呆,小个儿女子得意地要揭晓答案,"当时,她,(指指大块头友人)负责转动地球仪,我负责闭上眼睛,随便一指,那个地方就是我们的第一个目的地。你猜到了,我就指到了中国。很有趣吧?"

呵,是挺有趣的,用这样的方式来选择旅行目的地。是不是得感激中国国土面积够大比较容易被点中?

"去年底,我们俩都遭遇到了中年不幸,我得了乳腺癌,她家闹婚变,各自过了一段相当灰暗的日子。"小个子女子黯淡了一阵。

"于是我们约定要出来看看世界。"大个子女子接了话茬儿。

两人将浓缩玛奇朵轻轻搅拌，两口气喝光。

张向东还在分享他的骑行，底下时而有掌声，有女大学生让他回忆一下第一次骑行。张向东说：

"我穿着军绿色的棉袄，戴着灰色的绒布帽子，骑着一辆巨沉无比的铁车正奔向妙峰山，看到对面骑来两个装备完善、车子牛逼的骑友，如果不是走这条路，不会有人认为我是个'骑行'的。我跟他们目光相遇，其中一位大哥向我挥挥手，说：'加油！'。突然之间，我就被这种陌生人之间的友好所感动，第一次产生了一种被认同感。他们并不在乎你穿的是不是防风保暖轻盈的骑行服，也不在意你骑的是捷安特、美利达还是崔克大行，他们只看到你是一个正在骑行的人，跟他们一样。"

全场静默，而两位外籍女子迷惑这突如其来的安静。我思考着，该怎样用相对清晰明确的翻译，向两个刚刚经历创伤的老外分享这个人的经历。

但是她们却像一下子听懂了，站起身来，做了个奋力骑自行车的动作，然后离去。想到《海鸥食堂》，一脸愁苦相的正子陪了一位情绪崩溃的当地大婶一个下午，明明不懂芬兰语，正子却完全明白她的哭诉。原来，人和人之间真的有逾越语言的神力。纵然上帝毁掉了巴别塔，又变乱了人族的语言，但世人的情感逻辑说到底又能有多大差别？

晚上11点10分，张向东给粉丝签完最后一本新书。我和伙伴收拾完桌子，把椅子复位，书房进入深夜。我把门外黑板上过时的信息擦净，更换本周六即将举行的活动。张向东故作惆怅：真是人走茶凉啊。我转头朝他笑，远远的，竟然又一次看到红唇们向这边走来。

"今天是我们国家对抗德国，我们到这里来看。"原来是巴西人。

两人乐颠颠的，就像傍晚时被"许可"进入书房那样，因为激动，无意中踩了张向东一脚。

也没有什么后文，一个说"对不起"，一个说"没关系"。我还没来得及告诉张向东：她们没用翻译就听懂了你的演讲哦。

这是个值得载入史册的夜晚，巴西队1:7败于德国队。凌晨，两个女人掏出一份世界地图，告诉我刚刚做出的决定：下一站，德国。

出发，并不是为了参加一场按图索骥的定向游戏，下一站，在路上。

加油！

【守夜人手记】

因为"不打烊"的天时地利，书房开业一个月后，世界杯就来了，我们决定直播世界杯。头几天，我很担心，碰到大叔抠脚丫子怎么办？客人们喝多啤酒拍桌子怎么办？遇到心爱的球队输了发疯怎么办？事实证明，我的这些担忧是多余的，球迷一到书房就安静下来了，他们会以一种相对文静的姿态看球。这两位巴西女子便是如此，哪怕自己的国家败走麦城，她们只是默默地摊开地图。

我的书房旁边是基督教青年会旅舍，因此常见到背包客和他们1公升的旅行包。但还没遇到过像这两位中年女子那样的，没有周密的计划，甚至连下一站去哪里都要"看情况"。我很想问，如果巴西队赢了，那是不是就打道回府了呢？

第二天，第三天，再之后，我一直没有再见到她们，她们一定是去了德国，去看看那个打败巴西的国家。她们一定也遇到了很多善意的陌生人了吧？

目的地不重要，在路上才是真的。人潮汹涌的陌生领地，和无数人擦身而过，对一个人记忆犹新，张向东对于路上的人，我对于那两个外国人，外国人对于张向东……你不能忘记那四瓣鲜艳的红唇，又在哪天被两个大意的家伙无意间踩了一脚，或是爱死了一杯只有两口的咖啡，这些，都是陌生人之间的互相慰藉。

我们如海鸥之与波涛相遇似的，遇见了，走近了。海鸥飞去，波涛滚滚地流开，我们也分别了。

两个逢场作戏的高手

意大利帅男and曼妙都市女,看似要上演王子公主在一起,却将逢场作戏演绎得淋漓尽致。

凌晨2点,这个意大利男人连续第三晚来书房。和前两天一样,T恤,牛仔裤,豆豆鞋,就是T恤的颜色一直在换。

"Espresso, double, and Panini?"我问他。

我的老板要是听到这番话一定很高兴,因为,这种熟客的寒暄可以拉近人的距离,让客人觉得备受重视,从而起到鼓励其下次光临的作用。

"You are right!"酷酷的意大利男人回答我。

这回,他不再是倚靠在柜台边站立式喝咖啡,而是入乡随俗,乖乖地选了个座位坐下。

前天这个时候，这个意大利男人像一道夺目的光，穿过书房，来到我面前。我无处掩藏惊艳以及随之而来的焦灼，本打算等他埋完单，在位置上坐稳后，再躲起来偷瞄。结果人家倒好，愣是把这里当成意大利了，上半身靠在柜台边，全程站立。而我也是凭着这点，先在心里设定了他的国籍。

后半夜客人不多，加上我止不住的紧张，由着他站着喝完了双份浓度的Espresso，吃光了一个火腿芝士Panini，又翻完一本英文画册。直到临走，他用中文赞了句：很好吃。留给我一个销魂的背影。

待他走出很远，我猛地一跺脚：别说没与他交谈，连长相都没仔细观摩。

正如你所想，第二晚，他又来了。我像是已经做好准备专门等他似的，微微一笑后建议他坐收银台对面的高脚椅。这是一个充满善意和阴谋的建议。善意，是因为高脚桌椅更符合意大利人泡咖啡馆的习惯，至少从昨晚的形势来看，他确实是这样的；阴谋，则是因为那个高脚椅正对着收银台，两者之间距离不超过1米，简直是伸手可及的节奏好吗！

"没想到这里有我家乡的食物哈！"帅哥先开口。中文说得不赖嘛，害我昨天搜肠刮肚想单词。

他指的食物，就是Panini，一种意大利传统三明治，这也说明我猜对了国籍。帅哥点的这份火腿芝士Panini，是我们的明星产品，两片白面包中间夹火腿、芝士、生菜和烤南瓜，再拿到专用grill机上，直到面包上烤出两杠焦印。端出来后趁热张大嘴结结实实咬下去而不管什么吃相的，才是真名士。

"建议你再夹一点味道重的，比如柠檬、青椒、小朝鲜蓟，会更好吃。"趁着他说话，我放肆地盯着看。真是好看啊，五官分明，腿部修长，再一笑，完全酥倒。最可恶的是，大半夜吃着夹肉夹芝士的面包，却浑身精瘦，见不到多余的肥肉。曾经有人提过这种不公平，答案是：胖子都被赶到美国去了。

我们两人看似在对话，嘴唇一张一合，我在想的是阿城对于意大利人的描述：脖颈精致、额头饱满、天生卷发、暗色皮肤……丝毫不差。再想起他分析人种的成因：阿拉伯人、南方的北非人和北方蛮族混合成了地中海沿岸的这些意大利美男子。

盯得太久，有点做贼心虚，我感觉到了一点不好意思，赶紧扯开话题，比如，是意大利哪里人呀？来中国做什么？下一站去哪里？

这一问，问出个威尼斯贡多拉水手。

在我的知识范围内，贡多拉水手是意大利男人中的精华——身着黑色礼服，头戴草帽，帽檐后系红绸带，摇着船桨，骄傲地在水中高歌。只不过，印象里的水手永远乐在其中，以为威尼斯就是全世界，此生都与水、船和歌声为伴，从没想过也有人心生厌倦，要出来看世界，就像当年的马可·波罗。

要不是第三晚，一个都市女子的造访，意大利男人或许会仍然保持着吃完、喝完、翻完的节奏，我对他的了解不会更多。

意大利男人还坐老位置，就在我们寒暄完并且将食物和咖啡送到桌上时，一个曼妙的都市女子拖着行李箱推门而入。她并不确定要吃什么，无意识地朝身后看了看，看到的是一个喷香的Panini，以及正在享用它的外国帅男。女子并不知道食物的确切名字，指指，然后对我说："要这个。"

意大利男人朝女子点了点头，女子顺势坐在了他对面。

"这叫Panini，是我们意大利的传统食物。"男人介绍起了家乡"名小吃"。

"我看就是我们北京的褡裢火烧！"原来是个京城妹子。

意大利男人显然不知道何为褡裢火烧，但还是耐心地讲完了Panini的历史。

"20世纪80年代，帕尼尼在意大利狂受年轻人追捧，那一代意大利人称呼这种美食为Paninari，称自己为'帕尼尼孩子'，我就是其中之一。我和我的小伙伴们会穿各种风格的衣服，光顾那些出售最好的帕尼尼的咖啡店，所以说，来我们意大利，你能看到很多有年代感的小店，都是做Panini最棒的。"

"就是我们的褡裢火烧没错！"女子一口京片子，"我们小时候也跟您一样，比哪家的火烧做得好。"

看似毫无火花的对话，竟也延续了很久，我倒是听出，女子是来杭州出差的北京人，要赶明天一早7点的飞机，干脆退了房来这里过夜。

是的，这样的客群占了我们深夜书房很大的比例。对他们来说，哪怕住在酒店，也不过是半晚，睡不踏实，还浪费钱，不划算。

女子的Panini吃得很精致，每次我抬头看，都像是未曾被啃；而两人的话题，已经从马可·波罗穿越到了《冲上云霄》。只见女子兴奋地从TOD'S包里掏出一个triangle，对意大利男人说："这个吉娃娃我随身带，希望能带来缘分。"

男人端起来仔细看，还没弄明白她的意思，只是说："这个，这个，我们意大利有很多。你去过意大利？"

"我没去过，这个吉娃娃是淘宝上自己买的。一直很想去，期待在许愿池旁边遇到我的Sam哥，期待有人送我triangle。"这股忠心，应该是表达过N次了吧，所以流利得像背书一般，滔滔不绝。继而捧着triangle，闭上双眼，无限遐想，作小女生陶醉样。

"这个容易，等我回国，买一个当地老工匠亲手做的，送你。"男子大方开口。

接下来，是女子一连串的感谢，以及，她向我索要纸笔留邮寄地址给男子。

意大利男人看了纸片很久，礼貌地对折，收起。随即，落脚到地，表示要离开。凌晨4点,每天都是这个时候。

女子擦了擦嘴,也站起来,再次表示了感谢。接着,他们例行西方人的礼节,互相拥抱。真是让人嫉妒的一幕啊,是要发生书房恋情的意思吗?我的男神啊,可羡煞我了。为了稳住情绪,我先行一步到门外,打算擦擦玻璃窗什么的,还可以借机窥视。

没多久,男子就出门了。我躲闪不及,只好说"欢迎下次光临"。可他却扬了扬手中的纸片,对我说:"我是没法给她寄triangle了,我从不和萍水相逢的人有第二次联系。"

"哐!"美妙爱情童话还没等到天明的时候,就破灭了。

我讪讪回到吧台,经过女子身边,女子刚才那股子小女生气已经不在,气定神闲地读书。

看到我回来,她让我帮没吃完的Panini再度加热。

"祝贺你啊!"我鬼使神差地说了句。

"祝贺?祝贺一段艳遇?老实告诉你吧,我留的是个假的地址。我从不让陌生人知道我的真实信息。"

两人都说了"从不"。我如梦初醒。

现代人的所有温情都点到为止,就像Panini,得趁热。

【守夜人手记】

我曾经在北京拜访一时尚集团的女高管,妆容精致,笑容可掬。我在她的后现代化风格办公室坐了很久,从工作到旅行,相谈甚欢。两个小时,热乎得差点要认姐妹。结束公事后,她挽着我,一直送到门口。

"路上当心啊",1秒钟前还关怀备至,恋恋不舍,1秒钟后我再回头,早已无人影。北方冬天的夜,凄清,冷漠。那晚,还是20出头的我很难过,不是好姐妹吗?不是应该目送到我背影消失?

如果说今晚的结局是"王子公主从此幸福地生活在了一起",我并不感到所谓的"欣慰""温暖",这个世界本来就没那么多童话。

时间让我渐渐摸透现代人对于情感的防备,那些在红尘里游刃有余的人将若即若离拿捏到位。等我再度看穿这些光鲜亮丽的人都是逢场作戏的高手,我并不感到忧郁。

共享生命中的美好事物

一个炎热难捱的夏夜,书房里一声"啊"让大家顿时身处黑暗,黑暗中会发生些什么呢?

杭州的夏天很难熬,简直无法想象如果没有空调该如何存活。入暑以来,书房夜里的客人一直很多。因为在自家也是开了空调看书或者看手机,还不如省点电费来这里蹭空调。

昨晚,一切如常,我和伙伴卖力地榨出一杯杯新鲜果汁,实在太热了。最后不得不去对面新绿水果综合超市临时散买水果。说起来,这也是家奇葩小店,自从我们通宵不打烊后,他们也自动延长了营业时间到后半夜,还像天下掉馅饼似的,主动要求给书房员工打折。

突然,书房里一声"啊"让大家顿时身处黑暗。好家伙,这个时候停电。青年路上的路灯灭了,对面偌大一家水果店见不到影儿了,周边的居民住宅楼也陷入黑暗。

"野外骑车被雨淋,他乡跑路仇人知,炎炎夏季停电夜,打牌三家缺一时。"人生四大痛苦就这样被碰上了一个。

有人冲到门外,好像要躲一场旷世灾难;有人掏出手机,书房里星星点点;有人继续看电脑,事已至此,撑到没电再说吧。

我也看了看手机,刚过12点。同时用手机电筒找出几根蜡烛,给书房里三个区域各点一支。不为囊萤好读,只为指路求稳——可别在书房跌倒撞伤什么的。

这才念起老板的先见之明,她早说过,生活就像一个忽明忽暗供电不稳的房间,永远不要在明亮的时候贪欢。你应该花时间了解自己在房间里的位置以及周遭的情况,比如蜡烛、手电筒放在哪里。这样在停电时才能有胆量摸黑找到应急光源。否则只能手足无措,被黑暗吞噬。

"是DSKB热线吗?我现在在解放路新华书店一楼的悦览树书房,这里突然大面积停电。对,商家和居民都停电了。"一个男人正在向媒体报料。说起来讽刺,自从用微信后,我的手机通讯录几乎没几个人,反正微信有语音功能,电话几乎就不打了。当然,通话费倒是省了不少。

接下来,这个报料男子给杭城其他几家报纸和电视台都报了同样的料。没多久,我们小小书房门口就聚拢了多辆新闻采访车。他们在黑暗中把话筒对向站在门口拿报纸当蒲扇当芭蕉扇意图扇去所有火气的客人,启发他们还原当时情景。我不怀好意地心里念叨:乌漆嘛黑的,拍鬼咧。

很快,消防车也来了,记者们跟随消防队员进入供电枢纽,拍了几个画面,问了消防员几个问题,等到一个相对合理的勘查结果后,也渐渐撤了。凌晨2点,报纸早已清样,电视台也已截稿,要看到全文得等后天,而网络上已经发布了完整版本。

"因市中心变电所内10千伏设备起火,造成解放路、湖滨路、中山中路、青年路一带停电。

"这是一座220千伏的变电所,承担着吴山商圈与湖滨商圈东侧片区的城区用电。

"原本在青年路24小时书房悦览树夜读的杭城市民魏先生向记者形容'那是突然间的一下,全世界都黑黢黢了'。

"据了解,那一带原本是双向供电,近几十年里没有出现过如此大面积瘫痪。杭州消防相关负责人告诉记者,还是和高温天气有关,居民和商业场所用电过大。

"因此,也提醒大家,空调室温尽量调在27-28摄氏度。"

"没电了,手机也上不了网,没法刷屏了。"我回到柜台里,一位女顾客开始抱怨。

"你不会用自己流量啊!"说话的人应该是和她一道来的朋友。

"现在家里、办公室里,还有外面吃饭喝茶的地方基本都有WIFI,我没包流量。"

"奥老（杭州话，语气词，同国骂"TMD"，或是"尼玛"），早知道刚刚把电充充满的，现在么好了，剩下10%，不敢用了。"

"热死了热死了，还有西瓜汁哇？"

空调的余凉已经在刚才的一个小时里散去，尽管我开了门，夜晚独有的珍稀凉风还是远远抵不过酷暑热浪的威力。热，是肯定的。可是，你向我要西瓜汁？没电我怎么榨。

客人们逐渐被黑暗、炎热和睡意过滤，离去。

我再一次走出柜台，打算去门外透个气。走过门边的桌子，瞅见一女客人正对着蜡烛，用手使劲儿点着什么。我凑过去一瞧：呵，是在调Kindle里的字体呢！这昏暗灯光下的4代无背光Kindle，确实要大号字体才看得舒服。

"我的天空里没有太阳，总是黑夜，但并不暗，因为有东西代替了太阳。虽然没有太阳那么明亮，但对我来说已经足够，凭借这份光，我便能把黑夜当成白天，我从来就没有太阳，所以不怕失去。"

女客人调完了字体，在高温断电夜读起了诗歌。

"世上有两样东西不可直视，一是太阳，二是人心。"这个声音，分明属于另一个人。

我看到一个人正在向Kindle微弱灯光的地方缓缓移动。

"你就应该买paper white，像我，黑暗中毫不沮丧。"原来，这个嘈杂烦躁的停电夜里，一直有个人在角落里淡定地读着书，进门出门，我竟一直没有看到她。

事情并没有那么理想地顺着脑海里的电影画面发展，两个人的相遇也没有"起义"成一场无组织午夜诗歌朗诵会。时至深夜，电还没有来，书房里也越来越热，人们陆续离去。两位女客人从一开始谈论诗歌出处——东野圭吾的《白夜行》，到分享各自Kindle里私藏的书目。因为热，她们把蜡烛吹灭，反正paper white用不到灯光。

我听到一个兴奋的声音："呀，你这里藏的书目和我的差不多耶！"

"哈，不过你比我小女生一点哦，你看，你下了几乎全套亦舒。"估摸着又翻了一页。

"太好了，你已经看完了黑塞的《悉达多》！（注：Kindle里面每一本书的体量用"点号"示意，"点"越多，书越长；如果读完，"点"全黑。）我之前看这个，很多人还说我'装'，有苦说不出啊。"

"我口味繁杂，有时候看黑塞，有时候读亦舒，他们在我眼里没有孰轻孰重，都一样好看，只不过随心情、季节而变。这也是我将Kindle带在身边的缘故吧，随时满足各种需求。"

我不由走近了她们，我在内心有个矛盾的顾虑：既如此，还来书店做什么呢？抱歉，没有任何感情色彩，只想与同样爱阅读的人交换一下看法。因为，我也看电纸书。

于是,我们在燥热的黑暗中撬动起了嘴皮子,像是回到了大学熄灯后的夜谈。夜晚,总能给人灵性和启发,尽管没有灯光,尽管看不清彼此的表情,但是思维却一直在发散,到更远更深处。

客人不多,没有人来指责我们说话太大声,我也不必受身份的谴责,趁着月黑风高,我们终于得出一个皆大欢喜的结论——真正热爱阅读的人从不拘泥于阅读媒介,纸质书或是电纸书。最看不上人说"捧着一堆纸,那才叫阅读",古代人还看竹简呢!

说起来,书房,这个实体书中的实体店,也有一部分人永远是带着自己的书来的。每个人都有自己的读书习惯,如果一周都在读同一本书,沉浸在同一个气氛里,他是不愿意仅仅为了打发时间到书架上临时挑一本的。

至于来书房,原因就因人而异了:等人,蹭空调,喜欢有人在旁边,随时可以喝咖啡……

话说完,电来了,一切照常。我回到柜台里,两位女生各要一个西瓜汁,各自打开Kindle。

能让素昧平生的人在意你生命中的美好事物,原本就不容易。

你也会找到一个特别的人,和你一起闭上嘴,不说话,享受片刻沉默,却不觉尴尬。

【守夜人手记】

一个夏日停电夜，会发生些什么？

那天后，我电邮留学澳洲时的好伙伴YAO。她给我回了这样的邮件：

那是布里斯班雨季的一天，我们租住的屋子终于在持续多时的雷鸣闪电之中戛然陷入黑暗。

我那读了一半的《尘埃落定》只好被迫悬停下来——现在想起这场突如其来的停电，竟有种荒诞的幽默。我于是放下那不争气的无背光Kindle4，摸黑向你房里走去。

要是那暴雨知道你并未因为它的肆虐而惊吓跳脚，它多半要失望之极了。你就那样把自己摆在床上——一个标准的"大"字形，好像在拥抱着什么。多怪啊，所有人都去找光的时候，你却这样把黑暗揽在怀里。

后来的几个小时里，电一直没有来。你的Kindle，阿城的手，威尼斯的小方场我来来回回走了个够。你呢？一个不惧怕黑暗的人，一定拥有最多光明的梦。

啊，不惧怕黑夜的人，一定是因为某个其他事物具备更强的吸附性，比如睡眠，比如阅读。

我和YAO最默契的一点是，我们随时可以无障碍交换Kindle，因为相似的知识结构。我们都那么热爱电纸书，但这不是说，所有书店都可以关门了，要不然，我真得自己砸脚背了。相反的，我在做的努力以及尝试是，如何把实体书店和电纸书做更好的对接。至少现在，我在书房里特别设计了USB接口，在插座之余，如果带了数据线，还可以为电纸书充电。

我对两者的理解是，电纸书用来过滤书籍，纸质书则是值得反复咀嚼可以供你大面积朱眉批的。

一段刻骨铭心的初恋回忆

移民美国的老太太,远渡重洋归来,即使痛苦,
也要寻找那段刻骨铭心的初恋记忆。

我的书房是能感知季节的。

杏子单衫,丽人脱袄;梨院多风,梧桐成荫,就是春天的消逝;一场突如其来的暴风雨,疏林简净,夏天降临。季节偶有呆钝而暧昧,但皮肤依然能感受得到几乎就在一夜之间,天气已变得燠热难耐了。

夏天,明晃晃的太阳光打在落地玻璃上,我站在吧台里,真为疾走的人捏把汗。你瞧他们,全部注意力都在寻觅哪怕一丝阴影,所以步子也是歪歪扭扭的;很快,树上落下第一片叶子,这个城市的秋天说来就来。沿街的梧桐树叶在落地之前总要做个优雅的后空翻才甘心顺着玻璃落地,成为人们脚下一声不经意的脆响。

发丝被第一阵凉风吹起,添上第一条薄衫,改点第一杯热咖啡,叹

第一口气,时序又进入下半年。

立秋已过,暑气渐消,深夜归为深夜,热饮打败冰饮。

零点,我的客人只剩几个,他们用双手捧着咖啡杯,与嘴巴靠得很近,好像这个姿势还能带来心理上的温暖。视线更远处,一位老太太推门,吸引了我全部注意力。对,是深夜书房甚少出现的老年群体。老归老,装束却是很不一般:黑色毛毡小礼帽,薄羊毛披肩,洋红色套装,肉色丝袜包裹着瘦长的小腿,黑色浅跟皮鞋,以及黑色小坤包。

她不是来看书的。我判定。

我已经从头到脚将她完整端详过一遍,她却还没走到收银台。她在张望,在寻找,就好像昨晚刚来过,落了什么东西。她的视线是饥渴的,这种眼神,我只在电视里看到过。

"这里,不是新华书店了?"老太太开口。

这里当然还是新华书店,只不过去年底,这块区域打前锋作表率,进行了装修和改造,最主要的是,被赋予了"24小时""复合型"等更多时尚意义。我把这些告诉她。

她的视线穿过落地玻璃望向街边,悠悠地说:"青年路一点没变,梧桐树还是那么茂盛。"

相比盛夏,深夜书房过滤掉了一部分蹭空调党,客人少了,我也得以空下来。我给太太调制了一杯超大杯抹茶拿铁，抹茶的微苦，和牛奶的奶香，组合成一杯深夜暖胃暖心饮品。

"你一定好奇我这样一个老人，怎么会那么晚来这里。"老太太优雅不失风趣，一眼看穿我的心思。

"我刚从美国回来，没倒过时差，现在还是中午呢，要喝下午茶咯。"她自己作了回答。然后，给我讲了一个故事。

1954年，杭州有了第一家新华书店，沿街，转角，用现在的眼光来看，是绝佳的商业用地。那年，她8岁，住在官巷口，走路过来最多五分钟。

作为一个典型的国营老字号企业，这个由毛泽东亲笔题词的书店一直是老杭州人心目中的时尚地标。只要一提到买书，第一个想到的肯定是新华书店。哪怕后来从杭州到美国，走过不少书店，在她眼里，"购书中心""书城"这样夺眼球的巨无霸称谓都比不过老字号的解放路新华书店。

60年代，正值青春期的老太太也像所有年轻人一样，情窦初开，男生是她的同学，他们将约会地定在新华书店，掩人耳目。

"我的第一份礼物，就是他送我的《简·爱》连环画，那个时候，这么洋派的外国小说可不是人人都能看到的。"

家庭女教师、阁楼女人、罗彻斯特，少女时代的关键词让她认为，爱,就是"有一天我丢了官,眼睛也瞎了,你就这么搀着我"般的相濡以沫。而这种"走资派"导致的直接结果就是,男朋友家被卷入"文化大革命",几年后,自己远走美国。

"记得2007年回国的时候,我也一下飞机就来这里,也是这块区域,蛮晚关门的,也是24小时?"老太太话锋急转,跳过一段激荡的年月,并且不留给我任何余地去想象。

我只得就事论事,告诉她,2007年,书店大整修,专门辟出了一块相对独立的卖场,经营文学类、生活休闲类畅销图书及杂志,并且附属一个200平方米的"书吧",就是现在所处的悦览树。虽然不是通宵经营,但延时到凌晨12点。

"这不是《简·爱》么?"老太太指指书架。我帮她把书取下,是人民文学出版社1990年版的精装本。

"这么精致,"她前后翻看,"35.65元?太贵了,想当初,我们那本可是只有几毛钱哦。"

前一刻还在调侃,后一刻老泪纵横,是睹物思人吗?我妄加揣测,不愿企及伤心事,竟然做了个将书挪开的手势。她一把夺过书,哭着告诉我其实她有这本书,她甚至有所有版本的《简·爱》。她说家里的比这本还要干净,因为每天擦洗,一尘不染。也许,几十年来,这些书页随着主人经历着历史的沉浮,目睹了人和人之间的喜怒哀乐,生离死别。它们随着老太太经历着荣耀与屈辱,经历了车水马龙的繁华富贵和门前冷落的世态炎凉。

"它们现在是在杭州的旧宅还是美国的家？"我问。老太太说被烧了。

她的视线是饥渴的，就是我一开始看到的那样，一直在想念一个人，想看，却看不到。她的眼神，是寂寞的，那些时候，她有令我汗颜的年轻，有我所不能企及的爱情。他们曾有的激越、荒唐、决绝、果敢和浪漫都会令我这个陌生人骄傲，非常骄傲。

"我曾以为，和他在一起，可以全身心地照顾他，陪伴他。但我没有想过这刻骨铭心的爱最终成了生离死别。"

"这里是我和他开始的地方，结束的地方，重逢的地方，也是，也是，我唯一可以拿来想他的地方。我会给他点一杯咖啡，就那么小的。"老太太用手比划了下，我知道她指的是那种骨瓷咖啡杯。

"其实他后来病情已经很严重了，我人在美国，不知道该怎么办。如果年轻二十岁，我一定飞来冲到他家里，守在他身边给他念《简·爱》，一个人担负起看护职责。"我的眼前立即浮现了罗彻斯特和简·爱，尽管老太太和爱人始终没能组成家庭，但他们也一样，都私藏着一份珍贵的回忆。即使痛苦，但当那一页成为历史时，覆盖了创伤的心终会意识到真正可贵的是经历了一段可歌可泣的人生。

你见过老人吗？

呵，你的眼睛里装了太多的青春，看得到他们的好，看不到他们的老。其实，老也可以好。如果你的心长得平和，自然不怕老，老本是自然。就像我和老太太，以及老太太的初恋情人，一直不说"死"，只谈生，谈生的希望，生的快乐，这些足以让我有理由相信这样一个饱经风霜且不服老的人可以独自面对荆棘丛生的人生。

老太太坐了很久，把取下来的那么多本《简·爱》一一放回书架，喝完最后一口抹茶拿铁。她说，以前和老头喝的咖啡太苦，现在年纪大了，不想那么苦，抹茶拿铁正好。

我的城市太阳初生，而她的生物钟正处在美国东海岸的黄昏。

太阳从东方地平线上冉冉升起，而另一个半球，太阳正从西方地平线上沉没，和人一样，周而复始，都这么有规律。生命有限，自然永恒，庸庸碌碌的人生也许就随着西沉的太阳从此了无踪迹，但壮丽的人生却会化成光束循环不止，永存于宇宙间。

我和老太太一起走出书房，清洁工扫去一晚的落叶，学生们吃完早餐走路去上学，通宵在书房里的客人喝下第一杯咖啡。

一座城市不会老，因为每天都有人奔赴灿烂的青春。

【守夜人笔记】

送完老太太，我又折回书房，等书店档案室8点半上班。期间，我给自己点了杯抹茶拿铁，是对茶苦味和奶香味的同时渴求。

我成功要到了一些老照片，并将它们翻拍。从柜台式销售到敞开式书架，从解放路上的独门独栋，到和青年路上的另一栋楼房连通，从中山装到超短裙，从中分式到爆炸头。我盯着那些胶卷式老照片，像是要努力找出老太太的身影；甚至胡猜，老太太的初恋会不会是现在书店某个我天天碰得到的、退休返聘的工作人员，要不然当年怎么会搞得到《简·爱》，怎么会在新华书店约会……

"如果将来有一天，我丢了官，眼睛又瞎了，你就这样牵着我的手去要饭。"同样的话，不同的人说过。

头发花白，精神矍铄，这样的容颜，毫无疑问是精神在支撑，而精神的来源是旧物。谁说这是简简单单的银发，这是Romantic Grey，是彼此约定好的一样颜色。

多少次想成为生活的强者，换来了多少宾客的欢笑，可又不自觉地要去看一看欢笑背后深埋的悲哀，到后来连自己都说不清究竟是成功了还是失败了，只好自我安慰一番：也许生活本身就无所谓成功，也无所谓失败。

再来上班，是下一个夜，夜如此深，我竟走进了别人的曾经。一旦睁眼，你就天明。走进街道，走进城市，走进人来人往。

一个95后的温暖和诗意

> 一个90后的个性女孩儿,遇上同样年轻气盛的老资格,
> 深夜的书房不时有火药味。

高考结束后的那个周一开始,我的夜晚班上多了一个伙伴。她叫Susanna,过了处女座生日也才19岁;可能是中了日剧《深夜食堂》的毒,也连带喜欢深夜书房,便生了应聘服务生的念头,最勇猛的举动是:自告奋勇要求上通宵班。

"看看夜晚有什么好玩的!"——那样的年纪特有的做事标准:好玩。

在入职之前,Susanna早已是我们的忠实客人,几乎每天晚上10点多来看书,落座之前要一个提拉米苏。这也是我一开始就注意到她的原因:年轻真是好啊,这个点吃甜食都不见发胖。

过去的一个月是考试月,高考、中考、期末考扎堆,我这里倒是常

有熬通宵的学生，个个面如菜色，焦虑万分，来买咖啡提神的时候眼皮早已耷拉下来，让人心疼，真不知道Susanna姑娘的清闲由何而来——懒懒起身，到日本文学专区买一本书，揣在包里，一两个晚上就能看完，再买一本，如此往复。

直到前几天的夜里，她一直等到我结束盘点，直起纤瘦扁平的身子，问我：能不能做两个月兼职。理由是：我不想仅仅作为旁观者存在。

我录用了她，顺道了解了她的背景——一名高中的乖乖女，早早申请到大阪一所大学的奖学金，因此不用参加国内高考。

考虑到只有两个月时间，我给她布置的任务是整理书籍，以及基本的点单和收银。新人入职，原本和我搭班的Eric升格成了师傅。

第一天上岗，夜里11点，Susanna精神饱满，神情略略紧张，见有人来，便戳戳身边的师傅。自己直了直身子，毕恭毕敬：您好，请问需要帮忙吗？

比起我的那些身经百战的老员工，Susanna透着青涩的校园味。我们谁都没有嘲笑她，反而是享受着新鲜血液带来的荣耀——女的，年轻的，身材超好的，会讲英文和日文的，领悟力很强的……这些光环无论在哪个工作岗位上都是诱人的。

而她的到来，书房的气氛也略有不同，凌晨交班的时候，上一班的人拖拉着不走；最忙的时候，师傅Eric忘记巡场，窝在吧台里悉悉索索。

Susanna和我们一样，穿黑色衬衫，系海蓝色围裙；但她和我们又不一样，在这之前，她是顾客，我本能地认为在服务过程中，她比我们更能从客人的立场出发。

事实上，Susanna没有让我失望，尽管是夜里最犯困的时候，她也不露倦意，动作麻利，态度温和——那些把书房当自己家、边踱步边朗读的客人；两个人占了八座长桌害得余人没位置的小年轻；还有，那个高考失利，来书房看了半夜的书突然想吐的客人，Susanna出手，没有搞不定的，尽管外场协调本不在她的职责范围内。

我曾和Susanna在下班后的凌晨一起走路回家，我很好奇她在高考后的暑假，那段或许是人生中最漫长最无忧无虑的时光里，为什么不去旅行而是固守原地选择打工。

Susanna的意思是，将要去国外读书，换一个全新的环境，在她看来就是一次长途旅行。而在这样的时候，一间深夜书房能给她的，比旅行要有意义。

因此，我决定少加干涉，给她最大限度的体验，体验这个决然不同于校园的小社会，成就感、荣誉感，当然，还有委屈。

这种体验，很快就蔓延到人和人之间，姑娘不可避免地和伙伴发生了矛盾。

"客人点了咖啡之后，要适当进行面销，比如，要问TA是不是搭配一块乳酪蛋糕？这样口感会更好哦！"Eric用员工培训法教Susanna。

"客人没有点,就说明不需要,这样强加的销售,是会让客人不开心的!"Susanna当面驳斥师傅,她认为只要静静地营业,满足客人需求即可。

"不要急于去收盘,要不然交班的伙伴不清楚状况就会上前问点单,会打扰到正在读书的客人。"我们从经验总结,减少收盘、清洁的频率,希望给客人相对独立的阅读空间。

"人们总希望在干净的环境里读书,我手头还空,当然要把空盘收回,你知不知道对着一盘狼藉读书是什么心情?"Susanna始终觉得自己是个客人,所以要有最好的体验。

"我觉得应该先把书整理干净,你看,英伦设计类的书怎么可以和木心的放一块儿,根本不是一个类别嘛!"在Susanna看来,只有书整理得干净整洁有条理,才有资格卖咖啡。

而在我们的经营理念里,任何事都是有前后顺序的,先整理桌子,让后来的客人先坐下,人手空时再整理书架,毕竟放错一本书不是什么十万火急的事。

无论如何,这两个月,Susanna提前半小时下班整理书架是说好的事,她也乐于其中。

Eric是标准的唐僧型师傅,细枝末节念念叨叨;Susanna是典型95后,最受不了碎烦。

"知道了，真烦！"Susanna没好气。

"你这是什么态度，现在的90后真难管！"Eric捂住胸口故作崩溃。

而我，就像婆媳之间的那个男人，认为这种亘古矛盾没法调和，能做的就是严禁双方在客人面前斗嘴。其次，便是聆听各自的说辞。只要默默听就行，一定不要反驳，不然只会火上浇油。听完就做出理解的表情，说她有道理，说得对，然后告诉她会找机会把她的想法转达给他。当然，大部分时候我不会真的去转达。要不然，总有一天，她还会责问你：那个人怎么那么冥顽不灵？！

我能做的就只有这些了。

最近一次矛盾爆发是在前天深夜，Susanna即将离职的最后几天，那晚我们为客人提供试吃夜宵——小块提拉米苏。Susanna切完蛋糕后问了句："我能吃吗？"

本来这一问也没啥，偏偏Eric脾气很臭地回了句："先给客人你懂不懂？提拉米苏，有你吃的！"

或许是后半夜精神困乏，Susanna把围裙一甩："有什么了不起，我不干了！"

这是要我上场的意思吗？放眼书房里都是安静读书的客人，我把心一横，小屁孩，随你们去！

Susanna捧了两个托盘，走出柜台，将桌子收拾干净，回到吧台，重重地往台子上一叠，气哄哄地说了句"再见"，转身回了工作间。

几分钟后，换回便服，气鼓鼓地坐在客座上。刚坐下不到十分钟，又起身到书架。我走出柜台巡场，故意经过她身边，听到她边整理边抱怨："说过同类的书要归在一起，东野圭吾的《新参者》，明明就该放到那边日本文学类，怎么跑这儿来了。"

Susanna抽出这本躺在书架最显眼处，却和时尚设计书放一起的《新参者》，正要去回归同类。一捏，觉得不对，似乎有什么东西夹在里面。Susanna以最快的速度翻了下书页，里头竟然躺着一封信。

这时，回到吧台的我又听到Eric正在骂骂咧咧："什么人啊，走就走了呗，收完的盘堆成这样，分类啊分类，真是白教她了！"

Eric边念叨，边勤恳地把没喝完的咖啡倒掉，纸杯扔垃圾箱，碗筷放水池，然后，在清理最底下的托盘时，发现一个信封。

轮到我中场休息咯，去办公室坐会儿，躺在椅背上，慢慢喝口茶。我不好奇，自然因为我是知道内情的那个人，两个人的动作都逃不过我的眼睛。

书里夹的是两张Eric的手绘礼券，他曾与我商量，有没有可能凭不是公司的统一礼券让Susanna来领取两块提拉米苏，当然，前提是他已经付过了钱。

因此，你也猜得到，那本《新参者》不是无故出现在那儿的，Eric趁Susanna换衣服的时候，临时摆的；

托盘里的信自然是Susanna放的，她有最好的"作案机会"——收盘子既是工作也是烟雾弹。据我所知，信里除了感恩和告别，主要收入的是Eric的"师傅语录"。

【守夜人笔记】

深夜书房，听起来应该是温暖和诗意的地方，它有人和人之间无形中的默契，有书带给人的微妙的力量，有人和食物之间无缘无故的依赖……这些都是我们热爱它的原因，是一个客人突然提出要加入队伍的原始前提。

然而，对于一个经营者来说，总是难免应付诸多琐碎，这不是Susanna或者Eric的问题，换成Jack、Tom、Ann、Cathrie……一样会有；这不是80后、90后和70后的问题，换成同年同月同日同血型的人，一样会有；这不是白班、晚班、通宵班的问题，任何时候都会发生——这就是我们这行的精彩之处，因为它充满了未知。

作为一个流程规范的公共场所，我们走的不是私人家庭式咖啡馆路线，有一定的规矩，有一定的束缚，但这不代表我要用教条主义去约束那些可爱的伙伴。每一个人都是独立的个体，因此大多时候我沉默，我从不用担心伙伴之间的矛盾，他们比你想象中懂事和能干，相互之间自有交流的手段。

每天都有客人面对面,或是通过微博、微信、豆瓣询问我们是否招收新成员,除此之外还附赠大篇幅对我们的喜爱以及建议,他们和Susanna一样,不仅仅想当个旁观者。

深夜很精彩,除了会有客人的故事,也有我们自己的故事。

"马尔切洛"的甜蜜生活

一个略为文艺的记者深夜走进书房,本想度过一个文艺的夜晚,却被两起突发社会事件打断。

"糖包和奶精球在吧台,请自己索取。"我指了指对面的小吧台,几乎是面无表情地说完这句熟到估计做梦都会喊出来的话。

"噢,不需要啦,我的生活够甜蜜了。"

"哈?"我在心底起了个疑问,猛地盯住眼前这个男子:方眼镜,国字脸,牛仔色衬衫,极尽朴素和普通。

我朝他点点头,笑笑,表示"我喜欢你的正能量"。

男子单手捧着热腾腾的杏仁拿铁,另一只手拿一本书,肩膀上斜挎一只黑色皮包,朝座位走去。

"看起来和大部分客人没什么两样嘛,不知道他的甜蜜从何而来。"我的伙伴在一旁嘟哝了句。

"情怀,情怀你懂不,你们这种身在福中不知福的小屁孩。"我打发了满腹疑问的小伙伴。而自己又不可抑制地八卦:什么样的生活是甜蜜的呢?

他或许是个从乡下进入城市本身有着成为作家理想而逐渐堕落为一个寻求明星隐私,迷恋声色犬马,浸淫游猎女性的记者,那么,说不定他同时拥有富家千金、女明星、未婚妻和女招待这样的四款女人,这也解释了他何以在凌晨1点出现于书房,还能略带炫耀地宣扬他的生活很甜蜜?

这个城市的月光底下没有喷泉,倒是路灯把梧桐树叶照得透亮。男子起身到屋外去打电话这个动作,把我从费里尼的影像拉回现实,无论如何,我决定叫他马尔切洛——《甜蜜的生活》里的男记者。透过落地玻璃,这个"马尔切洛"在门外一小块木板平台上来回踱步,不断点头。几分钟后回到座位,收拾了下原本摊开着的书和笔记本,端着杏仁拿铁回到吧台。

"能不能帮我放在里头?过会儿我再回来。"他把咖啡杯和书郑重地递给我。

"拿铁冷了就不好喝了哦。"我建议道,顺便瞄了眼书,奈保尔的《守夜人记事簿》。

"没有关系,临时有事,还没喝几口呢,拜托!"说着,匆匆走出门外，在书房门口招手打了辆的士。

"马尔切洛"是去会哪个女人？这个时候，凌晨2点，似乎是女招待的可能性较大。可是，若见女招待，怎会确定回来，甚至连一杯杏仁拿铁都不放过？真是个怪人，和他点的饮品一样。

说起来，这款拿铁本身就是个怪物，大多数人受不了它浓重的杏仁味，还投诉我们把好好一杯暖心拿铁捣鼓得这么另类。有意思的是，我们一直没有把它打入冷宫，真的是一种蛮特别的坚持。

自"马尔切洛"离开，来过四个打扮时尚的女孩子（呃，为什么又是"四"这个数字），等饮料时，两个趴在沙发背上，斜靠一会儿；另两个风格完全不同的女孩，一个黄发热裤，一个辫子长裙，直奔书架。

角落里一对相约一定要熬到天亮的情侣还在看书，我给他们倒了两杯柠檬水。

伙伴开始给芭蕉、朱蕉浇水，完了后拿一块湿毛巾擦拭树叶。

又来了两男一女，20多岁，风风火火，进来就朝沙发上放背包，风雪夜归人的感觉。放完后点单，每人各取一本书：韩寒的《告白与告别》，严歌苓的《老师好美》，东野圭吾的《解忧杂货店》，都是新书。

书房，哪怕深夜，也保持着你来我往的节奏，每个人在这里寻求落脚点。

再下一个进门的,是回来了的"马尔切洛",距离他的暂别,过了两个小时,我把杏仁拿铁和书还给他。本能地感到不好意思,因为拿铁冷掉了。

"这年头真不安生啊,女子乘出租车,下车时遭遇抢劫,反抗搏斗中又被打伤,两个抢劫的又被所谓的热心群众打伤。现在一堆人躺在117医院。""马尔切洛"拿搅拌棒逆时针把因为冷却而分层的拿铁搅匀,"所以,能活着在这里看书,真是甜蜜。"

难不成这位悲惨的女子刚才和"马尔切洛"拼坐一辆出租车,于是,"马尔切洛"在过去的两个小时里其实是去警局做了目击者笔录?但若这样推理,那他不就没碰到女招待员吗?不符合出门的初衷啊。

我的两次思维游走都被"马尔切洛"的突然起身打断。

这次,他冲到靠吧台的桌子上,扶起一个男孩,问他有没有事。我这才发现自己失职了,这个来了有一会儿了的男孩脸色惨白,豆大的汗珠却在往下掉,一只手撑着下巴。

"马尔切洛"把旁边几个座位搭成长条,让男孩躺着;我则给男孩倒了杯热水。

"我一进门的时候就注意到他了,""马尔切洛"说,"那会儿他抱着自己的一本语文书,疯狂地看、写,整个头都要扎进去了。""马尔切洛"说,"于是,我有意识地时常朝男孩的方向看,果然,出事了。"

我还没来得及借机问"马尔切洛"是不是侦探，一阵电话铃声，他回到座位上，边听电话边点头边在笔记本上记着什么。和上一回一样，整整背包，走了。

凌晨4点半，这个时间，如果他住在较远的地方，回去做个模范未婚夫最合适不过，有足够的时间料理一顿爱心营养早餐，唤醒睡美人，那真是滴露牡丹开的浪漫和甜蜜呀。

我收走了"马尔切洛"喝空的杏仁拿铁，又摸了摸男孩的额头。他朝我笑笑，说有门考试没考好，便想来通宵恶补，谁知适得其反，现在好多了。

这个时候的书房人不多，我给自己也做了份杏仁拿铁。原来，不加糖真的已经够甜蜜。比起那些深夜遭袭，或是花心思周旋于各色人群、内心早已被袭无数次的人，不由觉得，守着一家书房，就是我的甜蜜生活。

人生真谛悟出来了，我便来到门外做清洁，却和正在台阶上的"马尔切洛"撞上。

"哈，我又来了，""马尔切洛"边用手抹汗，边喘气，"两个男子坠楼，就在刚才。"

我跟着他回到书房内，把收回书架的《守夜人记事簿》重新取出，"马尔切洛"略感惊喜。但他将书放在一边，打开了笔记本。

他是书房里唯一的客人，静到只听得见键盘敲击声。

清晨6点，书房开始供应早餐套餐，正价饮品搭配半价面包，"马尔切洛"点了一份。来取餐的时候，他给我看他的微信朋友圈。

"谢谢深夜相逢的人，夜晚让我们如此亲近。其实，我们都该热爱这个世界和城市。"

那是他发的主文。

底下已经有三个人点赞。其中一位评论道：接过时间的接力棒，开始一天的努力，这就是甜蜜的生活。后面，还配发了一个笑脸。

"马尔切洛"告诉我，这个人是驾校教练，总是在凌晨去接考生。

不清楚"马尔切洛"是什么时候离开的，我下班的时候他还在。

回去的路上扫手机新闻，两桩深夜暴力事件让人揪心。

一女子下出租车后，被两个男子无故暴打。男子是货场搬运工，还没有核实打人动机。不过他们的家人凌晨过来求情，说是喝多了，是一场误会，没什么文化，出来穷混，不容易的，请求和解；而在城市的另一端，两位男子坠楼，鼻梁骨折。其中一位已经查明原因：喝了酒，一个人跑到5楼阳台上吹风，不知怎么从阳台掉下来了，中间听到好几声响，下面有四个雨棚，砸到了几个，缓冲了两下。

好熟悉的案件，看了看作者，更熟悉了，一定是在哪里出现过。我的脑海里像电影一样闪现这两天出现过的人。对了，是刷卡消费后的那个签名。而这个人，正是"马尔切洛"！

稿件的"作者介绍"一栏里，有一张"马尔切洛"的速写黑白照片，附着自述：我是一个新闻记者，每天的工作就是在杭州最繁华的地方找寻新闻线索，并且时不时可以认识一些线人。

【守夜人笔记】

在费里尼的新浪潮影片《甜蜜的生活》里，马斯楚安尼饰演的马尔切洛是某杂志的专栏记者，他曾试图成为一名作家，但是事与愿违，只得终日为明星绯闻奔忙。于是，就有了一个男人和四个女人七天七夜纸醉金迷的流水账。

我假想中的"马切洛尔"也是个夜间动物，他走进书房，本来想度过一个略为文艺的夜晚，却被两起突发社会事件打断。

要说夜晚，费里尼早就用流动的影像向我们展现了其迷人。上流社会的男男女女或高谈阔论、附庸风雅；或郁郁寡欢、麻木不仁；或逢场作戏、肉体承欢；或买醉浇愁、放浪形骸。从夜总会的狂宴和歌舞，到贵族古堡里的聚会和纵欲，再到海滨别墅豪华客厅里的脱衣舞表演和人骑人的恶作剧，都带有一种世纪末式的疯狂氛围。而我，或者说这个假的"马切洛尔"的夜晚不同于此，但就是因为社会现实和他本人生活的反差,让他倍感甜蜜。

正如费里尼对于《甜蜜的生活》这个片名的解释:这部电影的片名不含道德或贬抑的意义,它只是说,不论如何,生活自有它本身不否认的甜美。

缘分这件事,是生长在生命肌理里的。同一场景,换一个人,不一定不会有"后来"。谁不是被缘分戏弄?

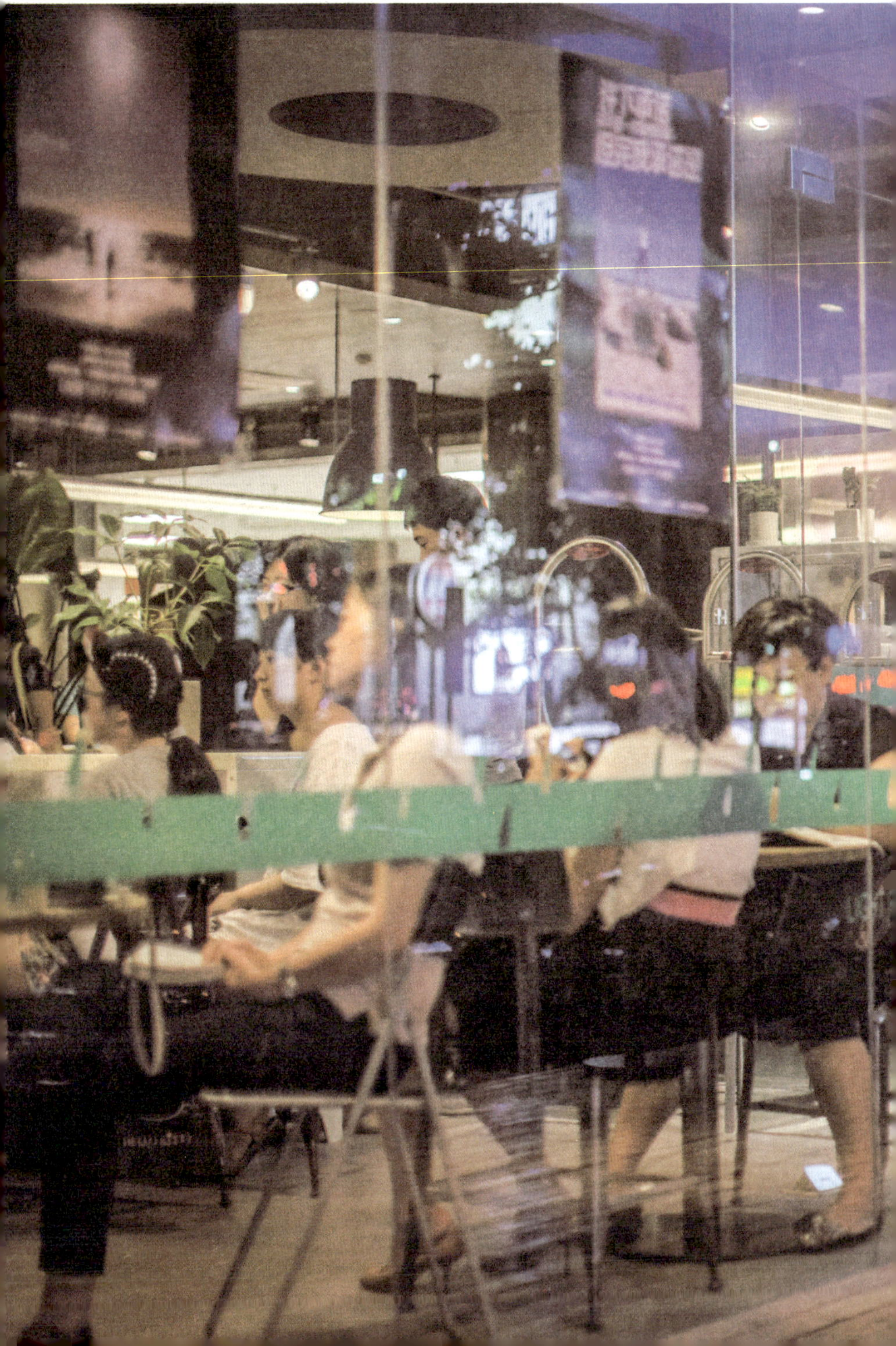

遇见你,是我故事的开端,但很可能,也是这个故事的结束。

生命中曾经拥有的所有灿烂，终究需要用寂寞来偿还。从此以后，它们是伦常生活里的最好的回忆和鲜美调味剂。

兜兜转转，迷茫间寻找徘徊，一转身，命运就那样落落而来，带着笑容，出现在身旁，那一刻，散落了一地的阳光。

HERBAL
Velvety
EARTHY FLAVOURS
FAIR TRADE
悦享会
7月12日 本周六
14:00

人生一世千头万绪，和我们提供的这些简单轻便健康的食物一样，不复杂不惊世，却是人和人、事、物、世的和解。

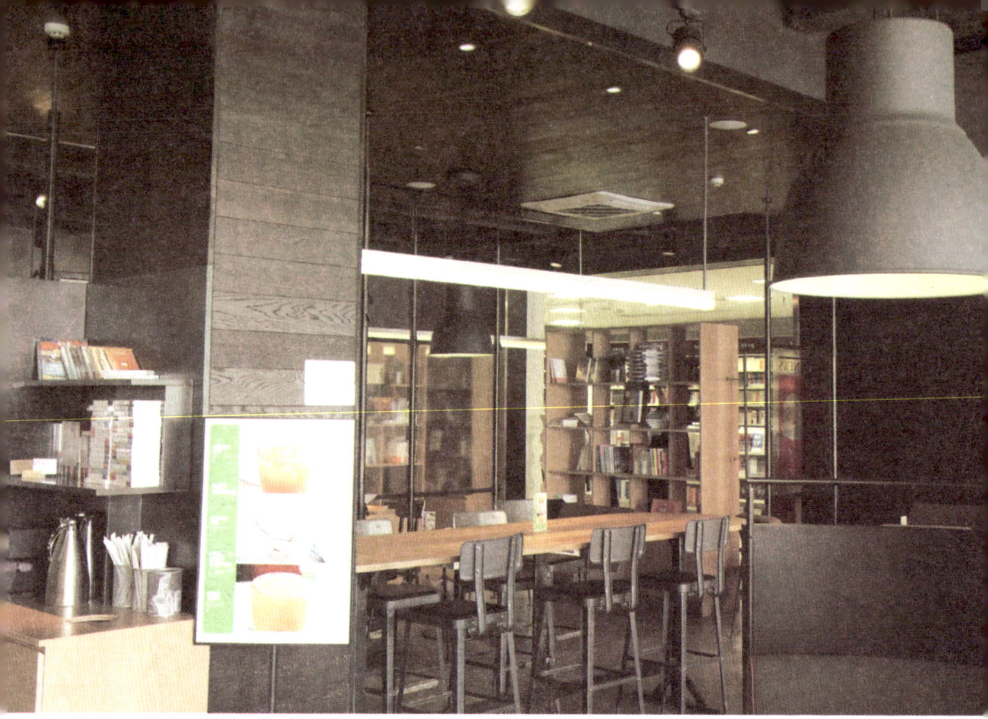

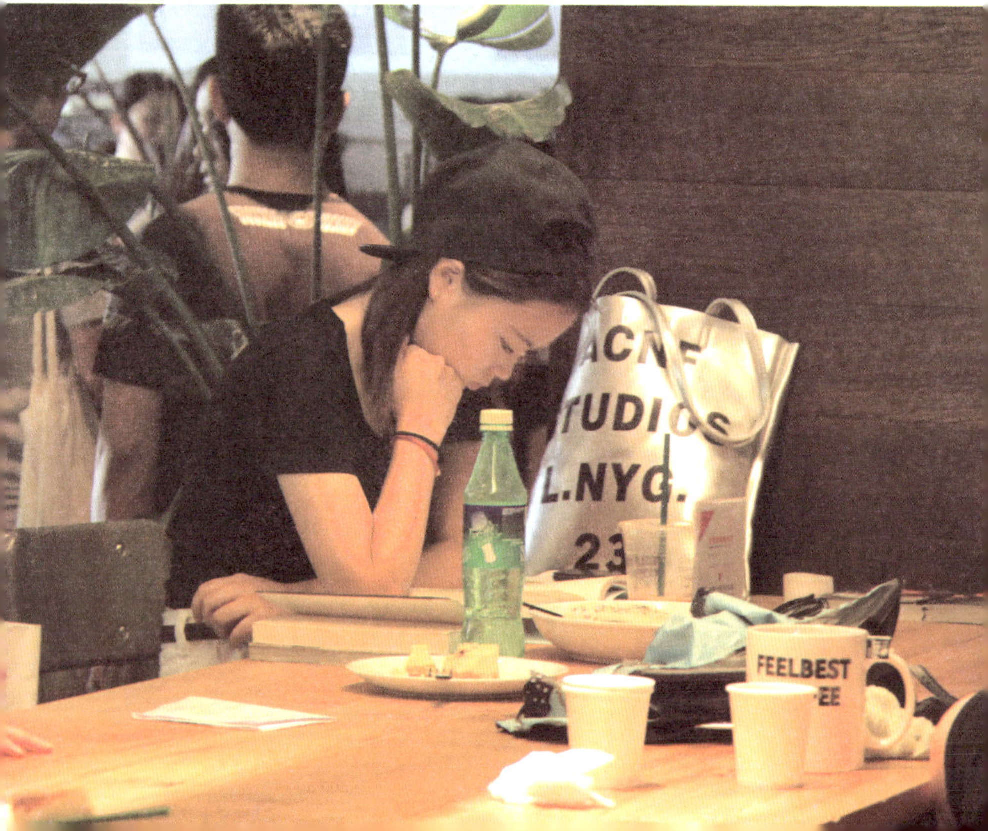
L.NYG.
23
FEELBEST

我的世界里，书房就是我的小世界。在这个恶性竞争搞得每个人都灵魂出窍的时代里，我有理由为自己置身于这个车流之外的小天地而感到自得。

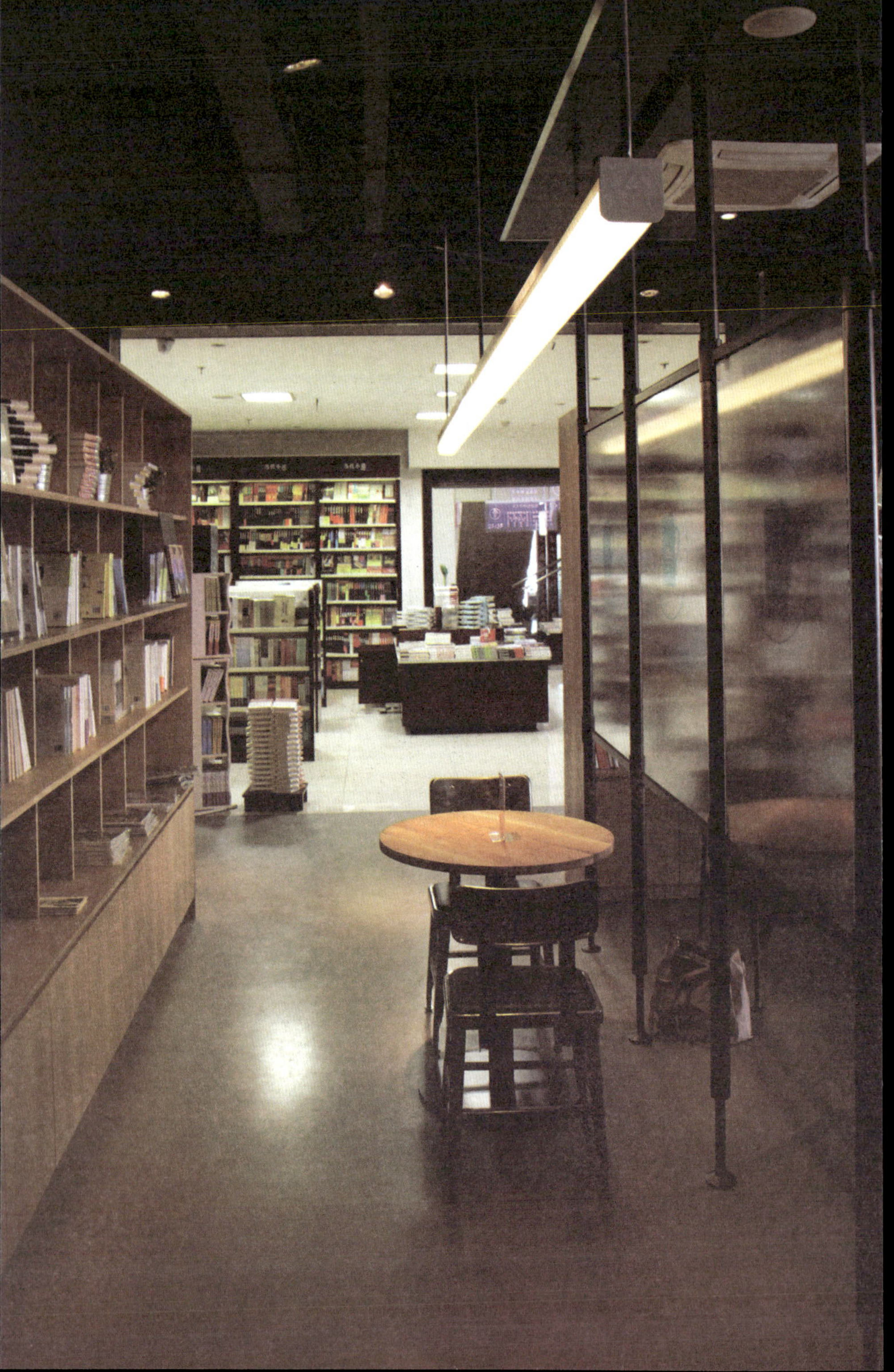

我以为在深夜上班,就读懂了深夜;我以为见过那些深夜来的人,就全面体察了深夜。但是深夜里的人情,没有一出是在剧本之内的。

Reading Tree Coffee

悦览树

24 Hours

都是寂寞的人，不是一个世界又如何，夜晚这样特殊的时候，坐在一起看书就足够了。

The

R

Two imperi
looted from

the donation of th

nze of

's Head:

mmer Palace

6

24
小时
营业

05.18
MAY 18
FROM

青春伴随着岁月走过去,不留下一个脚印。骊歌不能唤回流逝的过去,到后来,剩下的,只有回忆。

人生就是不断放下的过程

> 鬼节,有人在书房前面烧纸。
> 亲爱的陌生人,我将保管好你的书;而你,离开旧居,好好道别。

南方的"立秋"不准,白天依旧暑气张狂,唯一可以拿来慰藉的是夜里,金风霏微潜入,我得以回归步行上班的节奏。

夜里11点,在尚含温燠的空明中,穿行于上城区(杭州主要城区之一,南宋王朝皇城所在地)的老居民区,晚饭花、茉莉花混合着金银花残余的甜香,牵牛花、鸢萝花、丝瓜花、南瓜花则都趁着流萤明灭,在悄悄舒展出花蕊,只待黎明时竞相绽放。澄明月色中,虫声如织,还未有肃杀到来前的悲苦。我先去一家24小时便利店,要了两个杯面。今晚的夜宵,想换换口味。

作为人类,对事物难免会有周期性的热情,到点就会消退。比如我不想再吃自家的食物,比如书房这几日夜里都较冷清。后者于我而言不失为好事,热闹了几个月,是该静心收拾和整理了,书架,还有心绪。

凌晨2点，我同往常一样，先盘点后夜宵。

伙伴替我负责前台，我去办公间吃面。刚掀开杯盖，热气蒸腾，模糊了眼镜。在这个暂时不清晰的世界，我望见窗外一团火。我赶紧摘下眼镜，拿衣角使劲一擦，果然，燃烧着流动的火，火光里还映出一个人。

我放下杯面，打开平常不被允许开启的办公室门（办公室的门连着居民区，考虑到安全和私密性，一般都锁住，员工出入必须从书房门），往外冲，边跑边骂：公交纵火，居民楼纵火，这社会是想闹哪样！

跑近一看，一个男子正在烧纸。

"喂，你做什么呀？"

男子没理我，蹲在地上，很投入地盯着那些渐渐被烧成灰烬的纸片。

我蹲下身，在还没有被烧掉的一堆纸里翻出手写的五线谱、音符，赶紧收好，不让他再烧。

"这些都是你写的？都是你的心血啊，你不记得写这些花了你多少心思吗？"

我挪了几步，挨在男子身边，拍了下他的肩膀。

"找死啊你！"男子蹭一下跳开。

"喂,你这人怎么这样,不要想不开!"

"还有,小心火烛,这大夏天的。"

我语无伦次。

男子掸了掸自己肩膀,侧了侧身,歪过头来,悠悠对我说:"你烦不烦那!我说,烧东西就一定是想不开吗?就一定是遇到不开心的事了?我现在就特别幸福,明白?"

我没回应,傻盯着他。

"盯我干吗啊,手稿还给我。"男子并不看我,懒洋洋地伸出一只手。

"不给,我给你收着,肯定有一天你会后悔的。"我死死抱住那些手稿,觉得自己可光荣伟大了。

"大半夜的,都不让我实现心愿。唉,随你。"男子把火灭了,仍旧蹲在地上。我也捧着手稿,陪他蹲着,自以为是地设想:此时此地此景,人心无比脆弱,他一定最需要找人倾诉吧。

果然,男子扭过头——我已经用余光感受到了。他,一定是要向我这个陌生人敞开心扉了。

"你是这家书房的服务生吧?能向你借个扫帚吗?"他面无表情。

"有，您稍等。"我捧着手稿，绕了个圈儿，从书房正门走进，取了扫帚又跑回火堆。

男子起身，取过扫帚，扫净灰烬，扔到垃圾桶。清理完"作案现场"，拍了拍手："嘿，我说，别愁眉不展了，走，去你书房坐坐。"

此时的书房最安宁，原本种着的植物散发出清香。伙伴看到我回来舒了口气，并且自觉地给一同进门的男子倒了杯水。我则把扫帚放回原地，又捧回救于危难的手稿。

没等我开口，男子伸出手臂，手掌朝我，以完全抵抗的姿态，表明拒绝收回旧物的态度。灯光下，我才看清他的长相：白净斯文，温和没有一点暴戾之气，要是一开始便能识别，也不至于错划他为"社会不安定因素"。

"早跟你说了，我不是想不开。而是，我在蜗居小屋的努力终得见天日。"

男子给我大致描述了自己的经历。

那是个怀有音乐梦想的年轻人，几年前在青年路租了个小屋子，生活就是不断作曲。籍籍无名多年，直到不久前，作品才被看中，因此他决定搬家进京。

"那你也用不着烧手稿啊，随身带着，这些都是你的青春啊。"我像极了悲春伤秋的教条主义革命导师。

"世界不美，才有那么多美的哀叹，才有了那些音符。现在，我不需要它们了，它们的存在，就是时刻提醒我过去的不堪。当然，换句话说，这些旋律，早已在这里。"他指指脑袋。

关于音乐，我不懂，我跟他说，我的手机铃声是黄舒骏，因为他总是用音乐讲故事，哪怕我没接到电话，对听到铃声的人来说是也是种享受；叫醒闹钟是许巍，取其奋进和激越，催促着我不能把时间浪费在床上。

男子点点头，用一种近乎书面化的语言接着话题。

"许巍是一种自寻境界的疗伤，黄舒骏的预言没有完成，他们不用伪装，他们的素衣裹身已经那样感伤。这代人倒下后，没有后继者踩过，他们孤独地离开了。"

看到他，我在想，男人未必要有杀性，才可以在月凉如水的夜里将自己洗干净。风吹的年代，身体飞舞的诗意里有很多谎言。生命被记录，有各种各样的方式。

"我写歌，不是每天沉浸在音乐世界，书是最有利的调剂。"像是突然想起了什么，男子抓住我问，"我的书能放你这里吗？不忍心烧书啊。"

尽管我一度认为自己上当了——20个纸板箱，上下三楼数趟，搬家公司都另收费的。可是，当我单独辟开一面书柜，把那些经年累月，有过划线、旁注和主人摩挲指印的书摆进去，竟然先他而流泪。

"去吧去吧,我的书,你们从今入世,凶多吉少。"为了避免矫情,我盗用木心的话吓他。

"那是我的回忆杂货铺。"男子打趣。

插科打诨中,我看到三册《文学回忆录》整齐排列在一起,可能因为刚才搬上去的只是其中一册,因此没留意。两套一模一样的,上册粉红,下册淡黄;一套白底黑点四册装的,是台版,都是大部头,合在一起称重,怕是不下20斤。我很好奇,这都是他自己的?

"我是木心粉哈,你从散文、小说全套就可以看出来;木心先生说,他看书,是看书中那个人,而不是主义,这个理论很精妙,我也用在写歌和听歌中。"

"这些《文学回忆录》,一套用来边读边校注,你可以看到,有很多页,空白处都被我写满了;一套是全新的,额,就当是拿来装饰的;喏,这套,四册的,是台湾印刻版的,比较难得,去台湾的时候看到就买了。"

男子想了想,又接着说:"要不,这套全新的,你拿回家吧,送你,也当替我保管。"

烧纸和搬书,人生和理想,物质和精神,体力和脑力,充盈了这个夜晚。因此,时至凌晨,我们都感觉饿了。我让男子照着菜单点些吃的,自己回到办公室,取出杯面。

"你看,都是你,为了救你,我的面都冷掉了。"边加热,边抱怨。

"这个,我能要这个吗?"众多美食当前,男子看上了杯面。

多亏我鬼使神差地买了两杯,另一杯就给他吧。而我也违反了营业员守则,将杯面拿到了外场客座,与他一起吃。

"人,需要靠不断地遗忘,才能活下去。"男子边说边吸面,呼啦呼啦。对于中国人来说,吃面发出声响是不礼貌的,但在日本语境里,发出声音才是对面条的无言称赞。不过,在凌晨的书房里,没有禁忌。

"没错,一个总陷入回忆的人是走不远的。"我应他,托着杯底,大口喝汤。

"那么,来,干,以杯面代酒,和往事作别。"他双手举起杯面,端至额头的高度。

凌晨5点,肚子里填满了防腐剂和调味料,却无比落胃和满足。和男子约好,走的那天叫我一声,送送他。

男子离去,我也得空把刚才上班路上拍到的又大又圆的月亮发到朋友圈,顺带浏览其他内容。

"嗡",一个激灵,惊觉:严格来说,几个小时前,也就是凌晨12点前,是农历七月半,我们俗称"鬼节"——七月十五月圆时,趁着阴气初起,以生者精神,招死者灵称之招魂。对我这个没有在12点前睡觉的人来说,现在还属于"今天",依然是鬼节的节奏。月亮大而圆也毫不奇怪,七月半本来就是秋后第一个月圆夜。

本能地回顾这一天的灵异事件,啊,知道了,为什么当我拍男子肩膀时,他会吓成这样。因为鬼节禁忌之一:不能随地勾肩搭背。理由是,人的身上有三把火,头顶一把,左右肩膀各一把,只要灭了其中一把,就容易被鬼魂"上身"。

还真是无知者无畏,后知后觉让我不至于在看到火光时盲目认定是"鬼火"而惊慌尖叫,也没有把这个夜里烧纸的人当成祭拜亡灵。

办公室日光灯跳了跳闸,小伙伴一声"啊",不由让我身上一凛。我唬他,"你,刚才,确实看到两个人进来哦?"

小伙伴吓得走到书架旁,刚才一起搬上去的书,实实在在静躺着;不放心,又走到顾客留言本跟前,去看留言,好确定他确实存在过。

"人生就是一个需要我们不断放下的过程,这些拿起放下、淡忘坚持都会随着岁月逐渐变得稀松平常。但其中只有一件事最让人遗憾痛心,那就是无法好好道别。不过,今晚,我是幸运儿。"

【守夜人手记】

达明一派有一首歌,叫《那个下午我在旧居烧信》,我推荐给这位在鬼节烧纸的男子。男子极为鄙视地斜了我一眼:你没读懂歌词哦。那首歌通篇不是哀怨,没有不甘,代之以"从头重拾身边琐碎,从头重拾某印象"那种"而今迈步从头越"的豪气和决心。

离开旧居,是一种勇气;烧掉回忆,是一种决绝,但在不打不相识中有了我这个"回忆杂货铺",男子的不舍减轻了很多。至少,有这样一个固定地址,以后不会查无此人。

亲爱的陌生人,我们没有捅自己的勇气,也不善罢甘休,就像做了一场梦,醒来照见未曾赤裸过的理想。

手 冲 咖 啡 带 来 的 缘 分

一家街头老牌咖啡馆，一家街尾新概念不打烊书房，
同行不相轻，还互相宣传，这是唱的哪出戏？

还没有开这家24小时书房之前，我常到青年路街头的咖啡馆喝一杯。在杭州这座并不算太时尚的二线城市，这里曾是很多人的咖啡启蒙，虹吸、法压、滴滤、手冲……我霸占着那家咖啡馆的固定位置，听老板无数次重复这些专有名词，一遍遍耐心地教客人。

老板是个中年男人，高而精瘦，这几年微微发胖，但还算是保养得很好，离"发福"差得很远。他不爱笑，永远认真且从容地冲咖啡；话语不多，除了回答客人的问题以及矫正偶尔听到的错误言论外，惜字如金。他显然不是那种为了笼络人气而滔滔不绝称兄道弟的咖啡馆主人，尽管我是老客，毫无享受"优惠政策"的迹象，固定位置也不会被特殊保留，我甚至怕他，直到现在。

当然，这并不妨碍我在过去一千多个华灯初上的傍晚，闻着咖啡馆

里飘出的咖啡香走进小馆，待到凌晨。很长一段时间里，它都是这个城市最晚打烊的咖啡馆。陈旧的家具，暖黄的灯光，温润了整条街，舒缓了文艺青年们爱发呆爱做梦的神经。

大约去年底，我在这里泡了好几天后突然发觉已经很长一段时间没有见到老板了，这才从咖啡馆小哥口中得知，他去了美国，至于原因，小哥表示不知道。也是那个时候，青年路另一头的书房正在施工中，我在那个时候加入团队。考虑到常要捎工具材料，我开车来回，便也减少了去咖啡馆的次数。

5月份，名为"悦览树"的书房正式开业，还玩了一把24小时不打烊的概念。不知是不是图新鲜，这个城市的人们对于"书+咖啡"的模式很给面子。而深夜开放，也让人们陡然发现，除了酒吧、肯德基和深夜浴场，还有这么一个安静舒适的空间用来安放不羁的灵魂，他们纷纷用"杭州的诚品"这样的类比来表达对我们的喜爱。

晚班造成的作息错乱，以及班次上的忙碌，使我早就忘记街的另一头还有一家曾经落脚的咖啡馆，直到6月的一个深夜。

很平常的一晚，老主顾——退休编辑翻看他自带的书，实习生趁空闲整理书架，面如菜色焦虑万分的肯定是备战考试的学生，我在这些客人里突然刮到了一张久未谋面的脸。街头咖啡馆的老板，他回来了，一如既往的冰冷色调，不苟言笑，捧着一杯我们的咖啡，桌上没有报纸或书，看上去像在专心致志地细细品味。

我喊来伙伴，问他："那位客人是什么时候落座的？我怎么没发现啊？"

伙伴朝我说的方向看了眼，并不觉得有什么不一样，回答我："你休息的时候来的。"他停了停，像是又想到了什么，"对了，菜单看了很久。"

"那他最后点了什么？"我追问，突然很不自信，在这位"咖啡之神"眼里，我的咖啡一定有太多不完美。而在同一条街上也卖咖啡，多少有点班门弄斧的意思。没人指责我们，但我却颇为为难。

"滴滤。"伙伴脱口而出，在大多数客人普遍好奇于焦糖玛奇朵之类名字的大背景下，只能被个位数点单的最清最淡的滴滤被反衬得高贵冷艳，偶尔有那么几个人光顾它，很容易被记牢。

很想上前问候他，问问他过去的几个月去了哪里，问问他现在咖啡馆生意好不好。但是，我连上前一步的勇气都没有，尤其瞅到他眉头一蹙，心里一急：糟糕，一定是咖啡没做好。

我每天奔波于家和书房，凌晨回家，下午醒来后躺在床上搜淘宝，寻找靠谱的咖啡供应商，再统一回复出版社邮件和电话，夜里去上班。两个月后等书房运营渐渐稳定，我又回到了走路上班的日子，大可以"有意顺便"去一趟咖啡馆，那次距我在自家书房看到咖啡馆老板隔了差不多半个月。

青年路依然保持着自己的节奏，晚上9点后，大部分小店关门，留下安静深邃的梧桐小路。走近咖啡馆,眼前的形状令人大吃一惊:暖黄的灯光不见了,浓浓的咖啡香闻不到了,咖啡馆已经关门。

我在咖啡馆前来回踱步,没有老板的电话,连临时小哥的联系方式也没留,而夜里10点,旁边的小店也已经关门,问不出究竟。只好幽幽地朝着青年路另一头自己的书房走,心里失落极了。人和物的不接触,分为主观上不光临和物理上不存在,这是彻彻底底不相干的两码事。

青年路很短,短到我还没调整好心情便到了。推门而入,眼前的情景让我顿时忘记了刚才的惆怅——咖啡馆老板正在吧台内调教我的伙伴,如果没有猜错,教的就是他的拿手绝活——手冲咖啡。

我一个健步冲到吧台,正想说"非工作人员不得入内",却被两人的专心吸引。

老板以他惯有的严肃感边口述边动手:"15克的咖啡豆,正好可以泡一杯。磨好豆子后,在杯子上放一层法兰绒滤布,倒入90度左右的水就可以了。但要注意,水流要一个方向,并且匀速稳定。"他边说边演示,水流和咖啡粉化学作用成纯净的汤色,浓浓的咖啡香。

他把成品递给我的伙伴,伙伴呡了两口,连说"好喝",又递给站在柜台外的我。

如果我也要睁圆眼睛,像《孤独的美食家》里的松重丰那样,大呼"哇,美味啊"那真是太假了。老板的手冲咖啡香味,至今比我们自家的更让我感觉熟悉。

我朝老板看看,他朝我笑笑。第一次,他的嘴角终于被撕开了一条。

"每一杯咖啡都应该遵循一定的冲泡工艺,比方多少摄氏度的水温,每一泡需要多长时间,不允许任何外物打扰而草草了事。"

老板边说边解下围裙,走了。

我这才走进吧台,去办公室换衣服。没来得及问伙伴人家咖啡馆老板怎么来这儿教课,先见到地上一大箱并不是我买的咖啡豆。

"那是刚才这位咖啡大神送的。他说这些咖啡豆都是手工烘焙的,从原产国进货,然后在自家的烘焙厂里进行烘焙加工,等咖啡豆散发出香味后,才拿到店里来卖的。对了,他说他是个咖啡师,这些豆子用不掉了,就拿来给我们用。"

难道是刚才喝到了好喝的咖啡,伙伴今天兴高采烈的。

咖啡馆关了,咖啡豆转送给了我们,这是唱的哪出戏?

那天之后,咖啡馆老板倒是常常来,凌晨12点或是1点,一杯手冲weekly雷打不动。当我将咖啡端给他时,他也会报以点头和微笑。我知道这是他的作息,以前在他自己的咖啡馆里,这个时候一般不会有新客人再进来,老板洗完杯子,给自己冲一杯,坐在吧台里,用以结束一天。

而我们在深夜新增的手冲咖啡也卖得特别好,尽管考虑到人手,恕不能在白天静心制作,却在无形中酿成了"饥饿销售",成了客人们在深夜的期待。这让我的伙伴斗志昂扬,主动承包起所有手冲咖啡的单子。

"咖啡烘焙的神奇就在于,生豆新鲜度、时间、深度、烘焙当天温度湿度,乃至烘焙师心情,都会令咖啡豆有不同的特性。"我的伙伴每天都会花大心思在品鉴咖啡上,试验哪些因素会令咖啡口感不同,并与我分享。"咖啡之神"来的日子,他会格外用心,并远远观察他的表情。

那天凌晨收工后,我突然想起带伙伴去"咖啡之神"的铺子看看,尽管已经关门,但是"瞻仰"一下神的发源地,对新生代咖啡师来说也是很有教育意义的。

一路走去,我的心里偷偷打鼓,很希望突然有奇迹出现,比如,不是关门,只不过是装修了一番;比如,不是关门,只是暂时内部调整。我甚至想,会不会见到老板冷静地冲着咖啡?尽管这是早晨,就算正常营业,咖啡馆还没开门呢。

"先吃碗馄饨吧,饿都饿死了。"伙伴指着右手边一爿看起来还不错的馄饨店央求我。

"好啊!"我应了一声,才发觉,这不就是原来咖啡馆的位置吗?

二手家具没有变,只是原先的大桌子被重新设计成了两座一桌的布局。也是，谁会几个人围坐在一起吃一下午的馄饨呢。因为供应早餐，凌晨6点，馄饨铺已经开门营业，我不确定有没有更换东家，就被服务生热情地招呼进铺子。她让我们选位子坐下并递来菜单，附带一句"都是新鲜裹的哦"。纯鲜肉大馄饨、咸蛋鲜肉馄饨、荠菜大馄饨、开洋鲜菇大馄饨……品种很多，每一种都很诱人，我和伙伴决定点两个不同的，可以换来吃。

我坐在原来咖啡馆靠窗的老位置，看窗外去上学的孩子，买了鸡蛋煎饼往家赶的老人，以及在我们书房看了一宿书的客人……手里把玩着亚克力的桌卡，上面有几张馄饨照片和特写的鲜肉大馅，以及馄饨铺的外送电话。

"呀，这不是我们书房的照片……呀，电话也是。"伙伴也盯着我手里把玩的桌卡，惊叫。

我翻过面来，原来，这个桌卡两面内容并不相同。

"全杭州最好喝的滴滤咖啡就在深夜书房。出馄饨铺，沿青年路走，路口即是。书和咖啡，24小时不打烊。电话：87066603。"

【守夜人手记】

地平线上的两颗星星，眨一眨是孤单，眨两眨是呼应。悦览树和馄饨铺，你在小街头，我在小街尾，日日思君又见君，共饮一杯水。

舒国治说过小咖啡的共性,其中之一就是"掌柜都在咖啡的冲煮上表现出极高的自信与十分乐于示范",正是这位冷冷的却又客客气气的前咖啡馆老板。

每周总有几天,老板会在凌晨来我们书房看书喝咖啡;每周也总有几天,我下班后要去馄饨铺吃一碗热腾腾的现裹大馄饨。有些客人直接拿了馄饨铺桌上的单页找过来:"最好喝的手冲是不是在这里?"我也会在微博微信上附一句:我们和最好吃的馄饨做邻居。

我至今没有和咖啡馆老板坐下来面对面说过话,也没有问他"去美国做什么了""怎么想到把咖啡馆改成馄饨铺",似乎谁都不愿打破这种无言的默契。

商业社会,别说互相打广告,不来一点恶意攻击就很不错了。我听那些生意人讲,"你们还真是不留心眼儿,竟然没有人去怀疑被相赠的咖啡豆,说不定人家想成为你的供应商。""是哦,从没想过耶。"我也只好实事求是地回应。所幸,单纯而幸运的人是不会受到欺负的。

有青春，更有初恋的记忆

青春伴随着岁月走过去，不留下一个脚印。
亲爱的狐朋狗友，庆幸能够遇见你们，在彼此一生中最好的年华。

我这辈子都不会忘记那个夜晚。

凌晨，我走出吧台，擦拭书架，穿过书的空隙，看到正在对面书柜前挑书的女孩的背影，高挑的身材，白色连衣裙，束高的马尾辫，尽管已是深夜，仍有一股绿色扑面而来。看她指尖划过书本，流连在书架前，裙摆后，染上了一大摊红色。

我慌了神，寻思是不是该告诉女孩发生了什么，并劝她早点回家，依稀又记得抽屉里还有一片备用卫生巾可以拿来江湖救急，又考虑到这或许是女孩的初潮，光是直白跟她说怕吓着她——哪个女孩没有这样的过去呢？想我15岁的时候，全校集体春游，一大滩代表成人了的鲜血很不争气地让我无缘无故地经历"血染的风采"，不懂事的男同学开始嘲笑，我还没弄清楚他们为什么朝我指指点点，手一摸，看到的全是鲜血，便吓得大哭起来，直到老师过来耐心讲解生理知识。

画面回到书房，眼前的女孩一时间已经被几个和我差不多年龄的客人包围，一个女人搂着女孩的肩膀，男人面朝着她说些什么，不一会儿，女孩披了披裙子后摆，朝几位陌生人微微躬身致意，离开了书房。

正欲绕过书架上前问个究竟，那帮陌生人径直朝我走来，有人叫了声我的名字，跑来一胖子，重重地往我肩膀一搭："老同学都不认得了！"

咦，这不是当年的睡神吗，竟然这个点不睡觉。

又露出两张脸，都是初中同学。睡神带着这帮人去了音乐节，又说我在深夜书房上班，便一起带来了。肯定是和十七八岁的愣头青一起玩高兴了，这三个30岁的人，一身臭汗，头发鬓角还在滴汗。

边听睡神讲着突然出现的原委，边给这两个人对号入座。那个刚才对着女孩说话的男人，不偏不倚，正是当年笑话我裙后有鲜血的毒蛇男，20多年没见，比小时候还要好看，好看到一下子无法相认。我不依不饶，大摇大摆走到他面前："多年不见，我可还记得你对我幼小心灵的极大侮辱。"

毒蛇摆摆手："您大人有大量。你看，我这不是痛改前非了嘛，要不然刚才那姑娘能乖乖回去？"

"这个我可以作证，他还真是一个超级大暖男，刚才就是他超级耐心地给女孩解释生理卫生常识，还好言安慰。你不知道，本来女孩差点哭了，眼泪就是被温暖而又理智的磁性嗓音给生生逼退了回去。"说话的是当年的学霸——数学化学物理奥林匹克竞赛稳当当的头牌，摘掉了啤酒瓶底似的眼镜，更难相认。

学霸、睡神、毒蛇，学生时代谁要没个代号，未免显得太过平庸。

我让老同学们找位子坐下，并严肃告知：一要保持安静；二要耐心等我。

"多好的体验啊！"三个人异口同声。

书桌，暖光，我怎么就没想过每晚的值班就像一场夜自习呢？

回到吧台，想起没问老同学要喝啥，便职业化地朝位置上轻轻一喊：麻烦请来吧台点单。

暖男代表同仁前来。如果说初中时他的俊俏已经初露端倪，那么现在应是风华正茂。那么帅那么坏的男生变成那么帅那么暖的男人，文质彬彬地站在我面前，要点三杯珍珠奶茶。

我呆在那里，神情纠结。

"年龄长了，幽默细胞怎么没跟着一起多长几个？"暖男给了我一记"烧栗子"，"开玩笑的啦，三杯甜菜雪梨汁吧，那颜色，哈哈哈。"

不改本性！我默默地骂了一句。

"对了，两杯就好，一个换成柠檬汁，胖子有轻微的糖尿病，不宜吃过甜的东西。"暖男指指昏昏欲睡的胖子。

"不过你那时候很喜欢珍珠奶茶哦，总是不忘提醒人家珍珠多一点。"暖男边付钱边说。

我默默地收钱找零递小票，对暖男说："请到位置上稍等，做好了会叫您。"

我的老同学们坐在书房的条凳上，双手平放在桌子上，一本书，一杯咖啡，腰板半微，像极了夜自习灯光下的我们。那时候，学霸是不屑和我们说话的，只顾题海战术；暖男一定又找到了话题把柄，不放过任何一个机会和我抬杠；睡神，自是不用说的，到点就要和周公约会，最后十分钟借学霸的作业本猛抄。而统一的动作是：铃声响起，所有人都精神抖擞，骑车回家的几十分钟就是我们经年累月的闪亮的日子，从开元路穿过青年路，到解放路分开，一路畅想年华，坚信自己长了一张主人公的脸，却不知道30岁的自己会在哪里。

"嘟~嘟~"书房太安静了，以至于我清晰地听到了手机电量仅剩15%的提示充电音。学霸拿起看了看，又放了回去。

不知从什么时候开始，手机很容易没电，大家都一样。所以我们在每个座位下都安装了插座和USB接口，并预备了两条备用数据线。我索性把咖啡送过去，顺便把数据线给她。

然而，和大多数人像抓到救命稻草不同，学霸抬头看看我，摆摆手，表示不用。

不是吧，学霸可是出了名的plan B。读书的时候，文具盒里任何东西都是两套，包里永远有雨伞，再渴也不会把水壶里的水喝完。那时候还不会用"留有余地"这样略文艺的词语来形容，总觉得这个学霸非常牢靠，绝对不会出差错。我听说，前几年她回国，朋友送的礼物都是电板，只为她没有差池的人生增光添彩。

"累了，烦了，试着消失一下，地球还是照样运转。再说了，现在我们过的是学生时间，那时候你用手机？用手机的，都是大大滴走资派！土豪！"学霸振振有词。

丈夫疏于关心，夫妻造人不成，学霸回到国内，生出一股子疲惫无奈。当然这些，都是我之前耳闻的。

这时，我们的睡神终于扛不住进入梦乡。他把书立在自己面前，挡住脸，一手把着马克杯的杯柄，就像上学时一样，天真地以为伪装一番老师就不会发现。我记起初三时最夸张的一次，上完体育课，坐在我侧前方的这位睡神不知不觉在下一节语文课上睡去，就像担心吃多了会流口水一样，他竟然开始解皮带，让肚子处在完全放松的状态下。

安静的书房，偶有说话声就像老师在讲台上永远的不知所云，这样的气氛太适合昏睡了。暖男终于决定不再恶作剧般的在睡神耳边大呼"天亮了"。

一个从毒蛇变成了好脾气的暖男，一个从学霸过渡到了随遇而安，而我们的小伙伴已经到了得糖尿病的年纪，年月将人打磨，一点不留情面，不给余地。

不知什么时候，书房的背景音乐换成了《Reality》——一首暴露年龄的歌，苏菲·玛索处女作《初吻》主题曲。我匆匆去办公室找声源，伙伴告诉我，是一个男人递给他的MP3，要他在空闲的时候播放。有一点哀伤，却没有痛彻心扉；有一点迷离，却并非恣意唱游，总是婉转低回说尽了那个特殊年龄阶段所有的细语碎言。连睡神都为之苏醒，迷茫地望着澄明的书房。

张爱玲在《浮萍》里有过一句精辟之言：对于30岁以后的人来说，十年八年不过是指缝间的事，而对于年轻人而言，三年五年就可以是一生一世。那么这十几年对我们呢？不说翻天覆地，至少也变化万千，长相、心态、环境都变了，在这样一个夜晚，我们用一首歌来回望20世纪70年代出产的"青春偶像剧"，竟然有种曾经沧海的幻觉。

我开始怀疑，这是一场有预谋的同学聚会。

"走啦，去初阳台看日出。"凌晨6点，暖男准时唤醒大家，那时书房只剩下我们四个和我另一个伙伴。

没想到还有这么一出，来不及印证"有组织有预谋"，我只顾着用眼神向伙伴求助——公司规定无论何时都不能一个人驻守岗位，而我的下一班伙伴还没及时前来交班。

"尽管去吧，你下班了。"伙伴朝门口努了努嘴，以往都要迟到至少10分钟的伙伴竟然准时到岗。

黑夜过去到黎明，像飞鸟呻吟。秋天的凌晨，天还有些黑，分不清夜晚还是白昼。暖男拉着我，我拉着胖子，胖子拉着学霸，在青年路上奔跑，唱的是当年结伴回家路上的流行歌："让我们红尘做伴活得潇潇洒洒，策马奔腾共享人世繁华，醉酒当歌唱出心中喜悦，轰轰烈烈把握青春年华。"

可能这就是朝思暮想的生活状态吧，既要轰轰烈烈不甘于平淡，又要努力创造价值把握青春年华。所以，哪怕十年后再唱，也不觉得过时。

看完日出，胖子和学霸要去绕西湖晨跑，留下我把外地来的暖男送回酒店。回到家，我却毫无睡意，把阁楼里的百宝箱搬出来，压箱底的是我画的暖男，和手机里几个小时前拍的照片一对照，不禁笑出了声。

在初阳台，睡神无意间"骂"了我一句：你一直这么木，所以很多东西肯定都不知道。是"男孩嘲笑女孩是因为喜欢她"的理论，还是优等生和后进生的传奇？

此刻，暖男离我很近，走下楼，过个马路，就能再见到，我大可以大大方方把画像送给他，对他说：谢谢你丰富了我的青春岁月。但我没有，就像当年刚画完的时候。画像送出，就再没有留底的了。青春，我需要一些凭据。

我打电话给书房采购部门，让他帮我顺便多带两斤多甜菜和雪梨，一想到在家也能喝上这种殷红色的果汁，便愉快地睡去。

【守夜人手记】

这样的夜晚，外人看来，似乎在哪里都一样，但只有我们知道，约在书房，并不只是为了等我下班。那个时间，那个地方，最大限度地还原了十几年前的我们。

为什么听老歌会想哭，多半是因为触动了人最柔软的那个区域，因为我们会发现我们和歌里唱的竟是这样的相像。无论发生什么，蹉跎岁月的的确确使我们难忘。多年后我们可以记起的，是今天这个日子，是刚过去的那个夜晚，是那些尚且因为歌声而留在我们内心深处的感动。

青春伴随着岁月走过去，不留下一个脚印。骊歌不能唤回流逝的过去，到后来，剩下的，只有回忆。像燕姿歌里唱的：这一刻，回头看自己，这一路上的风景，百感交集；下一刻，不知道又将飞向哪里，渐渐疲惫的羽翼，为你披上了勇气，雨后的天空，会有绚烂的彩虹，像最初相信着，我们会找到自由。

亲爱的狐朋狗友，能够遇见你们，在彼此一生中最好的年华，以前的以后的空缺都在这一刻被灿烂的填满了。

一场有预谋的"暧昧"

本来只是错拿了伞,却因为礼节开始了书信,
预谋中的"男女相好",却颇有玩味地引发了一桩推理。

时序入冬,冬雨冰凉,不似夏天,贪图一时省力,不打伞还可以踏着水潭听一段雨中曲。江南的冷在于潮湿,自古没有用暖气的习惯,只好坚信"人定胜天",努力做足各种防护工作,比如,雨鞋、雨衣、雨伞、暖宝宝、暖手袋。

今年冬天雨水多,当我在书房忙活了一晚上,正想着可以在雨声中好好睡一觉,下班时突然发现,伞不见了。

困顿立刻被驱散,回想模式瞬间启动。

昨天晚上上班,刚要出门,便下起大雨,我得以抓一把雨伞而不是狼狈地被困在路中央。尽管如此,突如其来的雨还是让我在路上颇费了些周折,等赶到书房,已经比平时晚了一刻钟。也就是说,上一班次的

伙伴替我多干了15分钟。我收了伞，往入口处的公用伞桶里一丢，就冲向办公室换衣服。

对，我的伞并没有放在办公室，而是伞桶。我立刻大踏步走回门边，可是，桶里是空的。

该死！肯定被人错拿了！

天色依然呈深邃的藏青色，凌晨的青年路还没开始一天的繁忙，而我明明在屋内，却听得到大雨倾盆，因为人少，雨声竟然有些振聋发聩，想着和周公的约会又要迟到，我便烦躁。

最后，我借了伙伴的伞，并给了他20块钱，好让他白天商家开门后再买一把伞。

丢伞事件并没有影响到我的睡眠质量，死死地睡了一觉，窗外果然尚未停歇，想着不用冲出去赶在小店关门前买伞，我又翻了个身。等再醒来已是晚上，隔壁家在看《新闻联播》。

我打着伙伴的伞，去书房上班，刚换好工作服，还没来得及问面对吧台的男人"先生要喝点什么"，便一眼瞅见他手里的伞。那是一把硕大的黑色滚珠伞，也就是说，无论多大的雨，只要把伞收起，水珠就会自动滚落，而伞面还是干的。我不敢说那一定就是我丢掉的那把，可还是不由自主地盯着看了很久。

"噢，你好，我来个黑咖啡吧。"男人把原本举起的伞又放了下去，我这才转移了目光，为他点单。

"还有，那个，不好意思，"男子又举起了伞，"昨晚走得匆忙，拿错了伞，麻烦你帮我交还给主人。唔，还有，这张卡片，也一起。"真是个细心的男人。

我接过伞，正要抱怨"老兄啊，你一错拿害得我差点回不了家"，瞥眼瞅见卡片开头敬语写着"这位兄台"，料想男人一定想当然了这把硬朗的巨型伞的主人性别。心思一转，决定不暴露身份。

"好的，一定转交。"我换回了职业化的笑容和口吻。

男人端走了黑咖啡，熟门熟路地从靠墙边专供设计类书籍的书架第三层取了一本厚厚的精装书，找了个位置坐下。大衣搁在旁边的座位上，留下一个烟灰色开衫毛衣的背影，像是书房里原木桌椅的专用模特。

黑咖啡，厚书，男人今晚像是要打一场硬仗。事实也是如此，等我盘点完货存，来到座位区巡场时，竟然发现男人还保持着三个小时前的姿势。我不知道这个时候送他一杯黑咖啡，是体贴还是残忍。还好，他站起了身，把搁一边的黑色大衣穿上，朝我微微点头，离开了。

雨还在下，男人站在书房门口，从包里取出雨伞，撑开，雨水吧嗒吧嗒打在伞上。我趴在吧台的玻璃柜上，望着消失在黑夜里的男人。原来，他的伞和我的一样。

我在自家书房买了一盒明信片，刚要付钱，又折回去，多买了一打信封，伙伴很好心地给了个员工折扣。试想，如果是另一个被假想的伞的主人要通过我这个中间人递信，总不想白纸黑字都被旁人看到吧。我做贼心虚，把趁休息时间写好的几行字塞进了信封。

其实，我也没写什么肉麻的话，只是礼节性地回应并提出疑问：那天，下那么大的雨，怎么没带伞就出门？如果仅仅是错拿，在我离开的时候，桶里应该还有一把别的客人落下的才对。事实上，我离开书房时，没有客人，也没有多余的伞。

信一直搁在我工作服的口袋里，要亲自交给他，只能守株待兔。

雨像是落上了瘾，连续三天，没有罢休的意思。第二天晚上，男人却冒雨而至，依然礼貌客气。比如，他不会上前就问："伞的主人来拿伞了吗？"而是静静等前一位客人点完单，再上前要一杯黑咖啡，等我找完零，才问了句："伞的主人有来过吗？"

我本能地一按口袋，硬硬的，信还在，放心地转而告诉他："是呀，伞的主人今天一早就来过了，TA也不是很确定是不是落在这里。所以，当我们把伞还给他时，TA很高兴，因此，给你留了张卡片。"

"嗨，那真是太好了，我还怕给人增添麻烦呢。谢谢，谢谢。"男人接过卡片，夹在已经取来的书里，在昨天的位置上坐下。书还是昨天的，《变形记：建筑立面的衍生与突破》，今天凌晨，是我把它放回原位的。

脱下外套，搁在身旁，里头的烟灰色开衫换成了浅咖色，一样好看。拆信，阅读，接下去，他一定会站起身来，问我有没有明信片卖。我盯着他的背影，揣度着。

"你好，你们有卖明信片的吧？"我一扭头，果不其然，男人正站在我面前。

我尽力憋住得胜的坏笑，指指对面："呐，调味吧台的上层都是我们售卖的各种明信片。"因为他喝的从来都是黑咖啡，用不着糖包和奶精球，不往那头关注也在情理之中。

落雨的冬天，人们像冬眠了的动物，说好了似的，不再出巢，奋力切西瓜榨汁的情形好像未曾发生。我闲下来，走到设计类图书中柜前，找一本相同的《变形记：建筑立面的衍生与突破》。砖头似的大书，需要屏气定神，甫一抱稳，男子就走了过来，把手中那本一模一样的书放回书架。看了眼我怀里的书，递过来一张卡片。

"如果可以，帮我转交给伞的主人，多谢了。"他鞠了个躬。

他并没有像我那样套了信封，仍是光溜溜一张卡片，白纸黑字就在上面，好像并不怕我偷看。

"兄台，"他依旧这么称呼，"当天在书房做设计图稿到很晚，晕头转向，出门时天还好好的，等到离开时屋外却下起瓢泼大雨，想都没想就以为是自己带来的伞。直到第二天出门，才发现自己的伞好端端地挂在玄关。"

男人没有多说什么，只是回答了我的问题。倒是他在卡片收件人的空白处速写了这把伞，伞尖抵着的地面上有一摊水，但是伞面却平滑干净。这像是我们之间的默契——滚珠伞，不留水渍哦。

我给他回信，画了那本砖头似的大书，谈到那些我看过的仅有的几本设计类书籍，洋洋洒洒，反正装在信封里没人偷看。也许是那些我提到的书籍戳中了他的兴奋点，当他发现一张明信片写不下时，又用了一张。所以那个深夜，我一下收到两张卡片。与此同时，男人光临书房的次数也变得有规律，每周一、三、五零点准时到岗。

尽管我就是那个名副其实的"收件人"，但总免不了心虚，几个来回后，我想尽快摆脱"中间人"的角色，便提议把信夹在某一本书里，自取即可。男人不置可否，只是提议所选的这本书需是小众的，孤独的，不那么畅销的，这样才不至于被错拿；而对我来说，挑一本怎样的书来作为这些隐匿之信的藏身之处并不是什么难事——我只要在上班的时候把信夹进去就好。我说了，冬天的书房，一过凌晨，客人寥寥，书被拿走看的几率不大。再说了，别忘了我的真实身份，书房伙计，要真发现书被翻开了，我也大可以来一句"不好意思，打扰您了，刚才有位客人打电话来想问这本书的价格"为借口，接过书，几秒钟之内抽走信件。

不打烊书房经历的第一个冬天，时而天晴，时而落雨，没个准数，幸好每周三个晚上还有这样的固定动作——"放信"和"收信"，是除暖气外能给到我的最热温度。在那么多人情世故日渐淡泊的江南阴冷天里，我用这些手写的汉字和我的书房友人聊天。最有趣的是，我认识他,他不知道我。确切说,他不知道"收件人"是那个早已打过照面的我。

不去算我们之间写了多少封信,倒是几周后男子在买咖啡的同时,多买了一盒24张装的明信片提醒了我。男子坚持用明信片而不是信纸,尽管字数有限,却给了我美好的享受——每次他一离开书房,我第一时间抽出卡片,字的背后有时候是春日繁花,在萧索的冬日被我恰好途经了它的盛放;有时候是欧洲建筑,规律的日子里将我记忆里那座念念不忘的城勾起;有时候是星空大海,尽管江南是雨海,至少还能遥望一起在北纬18°的星空下吹过一夜的海风。

有时候,男子会在看书、画图的中途来到吧台,问我知不知道哪里有卖 *Tokyo Type Directors Club*、*Simply Material* 之类专业的设计类书,我就随手画张地图给他,写上重要地标;或是要我给他再做一杯两个浓度的黑咖啡,我知道,他要攻坚了;要是正好看到我爬在梯子上贴海报,他会问"是不是需要帮忙"……总之,不咸不淡,又颇为默契,我甘愿做那个躲在信纸后面的"兄台"。

雨止雨起,反反复复,看到下雨,我做了最大的提前量,终于在晚上10点50分赶到书房,离上岗还有10分钟。正欲收伞,耳朵飘进"兄台"二字,像是从纸上蹦到现实世界里来的。我扭转头,是黑咖啡男子,他敞开的黑色大衣里,露出烟灰色的毛线开衫。

他笑了笑,推门进书房,把伞插进入口处的水桶里,留下错愕的我呆在屋外。是的,我急需要一个符合逻辑的推理。

男人脱掉外套，搁在座位旁，背对吧台，也就是面朝室外，正好和我面对面。隔着落地玻璃窗，他扬了扬手里的明信片。

我怔怔地走进书房，走过他的位置，接过明信片，上头并没有严密的推理，只有一行字，

"兄台，你早已暴露啦。"

和往常一样，凌晨2点是个节点，尽管太多不解，我也只有在那之后才有空整理外场。男人走近，直奔书柜，"今天忘了例行动作，"他从《变形记》抽出我之前夹进去的信，"好啦，趁你空，我们来揭示真相吧，要不然，你今天都睡不着哦。"

我靠在书架旁，听男人讲了一个和我有关的故事。

"礼节性的第一封回信，是套了信封的卡片，说明伞的主人是个较为严密和注重隐私的人，他不想被中间人看到信的内容；然而不久，这个人却提议把信夹在书里，而且是设计类书，我就起疑了。我猜想这个人在书房出现的时间可能和我差不多，而且很熟悉哪些书是深夜的冷门。坐了两周后，我并没有找到有那么一个固定晚上待在书房的人，甚至有时候只有我一人，那时我就已经把目标锁定在你们伙伴身上了。不过，最后是你的字体出卖了你。你可能忘了，你给我画过地图，上面有你的笔迹。我是学设计的，对于字体异常敏感。"

"书房深夜气氛很不错，给了我不少设计灵感。"男人穿上大衣，走了。

【守夜人手记】

我曾探访过布里斯班市一家书店，1985年书店开业，比起悦览树的底子——1958年成立的解放路新华书店，它还很年轻。老板给我讲了个故事，年初，来了一位女士，要把一张给爱人的卡片插在书架的某一个地方，等待常来此处买书的爱人"不经意"发现。老板不认为这庞大的书架能让她的心意迅速达成。女士告诉老板，没关系，她和爱人的第一次接吻就在布满旧书的过道里。

我提出将书信/卡片夹在书里，多多少少受了这个故事的启发。

书房里的人，来来往往，进进出出，表面上看起来，他们并不相熟。那是因为你看不到他们的小动作，他们眼角眉梢的流转。这些暗示代替了语言，成了这个时代的暧昧。

平安夜邂逅帅男

> 帅男在平安夜尽管没有吃到小时候的酒心巧克力,却也别有收获。和我一样,收获了一个秘密。

尽管这里不是欧洲,但是圣诞节依然是日历上的重要一笔。如果说东方的节日都是叫人团圆,那么西方的浪漫节日正好给了人过"二人世界"的借口。于是,这样的"舶来品"正好可以和"本地产"错开。

今天是平安夜,原本班上的女孩早几天已向我告假,理由是,要去和朋友聚会。这还不是重点,重点是那里有她暗恋已久的男子。想到自己年岁已长仍孑然一身,更当成人之美。想来,这个夜晚,从气质上来说并不属于书房,于是,一人当班。

书房旁边就是解百(解放路百货商店)、元华(购物中心),再远处便是西湖,这一带是杭州最早的商业中心,现在依然是热闹的商圈。商家早几周就爆出了今年圣诞"满四百送三百""满一千返一千"这样大力度的促销信息,以及为了促销而延长营业时间到零点。

我的书房在解百商场对面的拐角小路上，夜里单调而无事，看墙外行人，一步花落，一步花开，踢踏走过。

提着大包小包的女子，踩着高跟鞋，步速倒是很快，想来是急着回家把战利品在家人面前再试穿一轮；一边走一边回头看、手永远举在胸前打招呼的人，多数没能在商场门口打到车，朝着目的地方向，边走边打；喝着奶茶悠悠走过的，可能是朋友，可能是情侣，倒是让我想起一个作家朋友，他在我们不打烊书房开张时写过这样一段：

"忘了是哪一年的圣诞日，老婆拖着五彩斑斓的纸袋子，纸袋子后跟着双脚失去知觉的我，在凌晨12点的时候走出商场大门，迎面而来的不是萧瑟的夜风，而是更多兴奋的女人拖着像我一样悲伤的男人，她们的信用卡将刷爆，他们的脚后跟将磨出泡。回家途中路过新华书店，我探头向里望去，一片死寂的纸张坟墓。玻璃窗外倒映着商场霓虹灯的闪烁。这真是国人的悲哀，拿出血拼一半的热情，恐怕中华崛起就有希望。老婆听到我的腹诽，嗤笑，你想怎样，难道也指望书店不打烊？"

一语成谶，不打烊书店真的有了，但是一碰到节日，依然死寂，就像这个冬天，异常寒冷。匆匆赶路的人啊，进来喝一杯暖暖身。我边擦咖啡杯边在心里祈祷。

12点，旁边基督教青年会的钟声响起，从时序上说，西方人已经进入了下一年。圣诞快乐，我对自己说。

书房就我一人，值得安慰的是，食品柜台倒是剩余不多，先前客人们打包了很多糕点回去,怕是为明天的懒觉做充饥准备。我不相信"孤独的人是可耻的",我更喜欢"孤独是一个人的狂欢",既然大家都去做想做的事了,我也来放肆一回吧。我把灯光调暗了一档,拉下投影幕布,开始播放每年圣诞我会看的片子 Love actually,中文名译作《真爱至上》。电影里说:"圣诞节,要和爱的人一起过。"我打开柜台,以员工折扣价买下最后一杯热红酒。

还没打开杯盖,书房门被推开了,进来一个男子,米色毛线帽,黑色羊毛围巾,阳光帅气,抱着一摞书,低头皱眉,像是落荒而逃。外面很冷,他搓着双手,不住往双手窝起的洞里呵气,在柜台前轻轻跺着脚以驱赶寒冷。

"有酒心巧克力吗?"他抬头问我。

男子好生面熟,我以最快的时间在大脑里寻找一番,结合他标志性的那叠书,目标很快锁定。两周前,有个男人,像在超市购物一般,推着小车,买了一车书。我还笑他:"动物是储备好粮食冬眠,你这也是冬眠的架势啊。"那天,他无奈地朝我笑笑说:"刚回国,自家好些书都让'狐朋狗友'顺手牵回家了。这次,补充些值得再看一遍的书,趁圣诞假期就窝在家里看书。"

顾不上问圣诞夜怎么没有在家看书,先来回答客人需求。

"抱歉没有酒心巧克力,但是,我们有手工黑巧克力、酒,以及糖包,劳烦您自己搭配一下?"既然今天是圣诞,且没有学徒在,我得松弛一把，不以"标准化"服务来要求自己。再说了，男子一脸愁容，太需要我逗他一乐。

"酒？书房卖酒？"果然，男子来了兴致。

因为咖啡馆卖酒需要另外注册，我提高警惕，怕来者不善，比如说暗访的记者。

"啊，是我们特别调制的热红酒，要说的话，只是一种饮品吧。额，就是这个。"我把买了还没喝的自己那杯热红酒递了过去。掀开盖子，红酒本身的浓郁混合了茴香、桂皮的香料，又中和了柠檬、橙子的水果味道，萦绕在鼻尖，还有蒸腾的热气，哪怕我这个一直待在暖气里的人，也跟着暖了一回。

"倒是很特别！"男子动了心。

他要一杯热红酒，却没有要巧克力，所谓喧宾夺主，莫不如此。

这才想起，只顾介绍，却不想最后一杯已被我买下。我咕哝着，意思是，如果他不介意，我就把自己的这杯给他，请相信我没有打开喝过。

男子没有拒绝，靠在吧台边，手里的书暂时放在一边。原来，圣诞夜，他被轰了出来。

事情是这样的，原本他是想一个人过节的，30岁这个年纪，身边兄弟、老友大多都有了自己的家庭，生活围绕"孩子"和"房子"，早就没有排一出《等待戈多》那样的狂妄了；而当大家都在变的时候，不变的那个人就成了格格不入。当然，他的兄弟并没有视他为异类，他们一如既往地定期找他还原大学生活，要不然，也不会在平安夜的11点横冲直撞敲开男子家的门做不速之客。他们喝酒，翻书，出口成诗，抱怨庸常生活。反而是这个男人没喝，国外几年的生活让他变得平静，甚至有那么点儿过于平静。最后，他安顿好一个个醉鬼，关上门，自己却离家了。

寒冷的冬天，热辣辣的热红酒捧在手上温暖无比，喝进肚子立刻驱风去寒，浑身都暖和起来。果真是久不饮酒，尽管红酒煮过以后酒精挥发了大半，男子脸上依旧泛了红晕。还不至于醉，因为他记起来最初要买的巧克力。

"你现在胃里已经有酒精，再吃一颗巧克力，就有酒心巧克力在胃里生成了。"我调侃他。

"其实，对我而言，酒心巧克力更多是一种仪式，一个动作，以纪念辞旧迎新，今年已经第30个年头咯。当然，我提前过了。"男子给我看他手机里藏着的几十张酒心巧克力图片，我看到最底下的玻璃纸包装，忍不住怀旧，"我小时候也吃这种啊，过年到亲戚家拜年，小孩都会被送这样一颗。"

"没错，那时没有相机，这些图都是后来找的。"他说。

20世纪80年代初，零食少得可怜，糖似乎只有过年才能装满衣兜，而且绝大部分是那种廉价的水果糖。不知哪一年，冒出一颗颗玻璃糖纸包裹的小酒瓶，五彩缤纷的糖纸在小酒瓶的顶部拧成一朵花，这些穿着漂亮外衣的小酒瓶们，站在盒子里属于自己的小格子里，花枝招展得像一群大姑娘。每个人都有这样的第一次：小心地用门牙咬下小酒瓶顶端，竟然不是水果糖的味道。

我没有能够给客人想要的味道，想着做几份热红酒给他，就当是圣诞礼物。热红酒的制作过程并不复杂，先把瓶装红酒加热，加入肉桂、丁香、柠檬、橙皮以及一点点白糖，开锅即成，所以我拒绝了男子要搭把手的好意。

他念着从ipad上搜到的热红酒定义：vin chaud是热红酒的法语名称，chaud的本意是"热"，在口语中则有"欲、情"的意思。

说起来，"催情"不是胡乱定义的，热红酒成分之一的肉桂就有催情作用。然而，在我的理解里，催的这个情并不止于情欲，催的无非是那些总让你有点意犹未尽的情，过节的欢娱，跟家人的团聚，童年的温情等等，总有点余韵未了的意思。就像一到过年，酒心巧克力的"情"就会在男子心目中发酵。

无论是热红酒还是酒心巧克力，都裹了一层糖衣炮弹，总以为是一杯饮料，或是一颗甜品，肯定不会醉。然而，大师曾告诉过我，昂贵的酒心巧克力之所以贵，是因为当中的酒是口感最好的，与巧克力配得天衣无缝，也是最容易让人醉迷的；而热红酒，你看到了，我们的客人就微醺了。

平安夜以及圣诞节最初的几个小时，男人拿热红酒和巧克力佐书，我新做了热红酒，空余的时候瞥几眼电影。看过无数次了，每瞥一眼就知道下一句话是什么，里面说："浪漫是随时随地都受人们欢迎的。"

凌晨6点，热红酒差不多可以出锅了，我用店里的超大外带杯给男子装上。"圣诞快乐！"我们只说祝福，不说再见。

圣诞这天出乎意料地忙，本来要上班的姑娘说是身体不舒服要请假。尽管我在嘴巴上指责她"昨晚玩过火了"，行动上还是勇敢地代班。以至于等回到家才想起有个快递没拆，一个是给我的，一个是给伙伴的。

第二天是boxing day，姑娘神神秘秘递来一盒酒心巧克力，"你知道是谁送的啦"，她说，"早知道你们认识啦，因为第二天一早他带来了热红酒，我一看，不是我们家特制嘛！"

好家伙，原来平安夜当晚，请假去表白，地点就是男子家。只不过，我没敢问，暗恋已久的男子是哪个。

【守夜人手记】

平安夜的时候总是有白胡子的圣诞老人站在窗户外面或者爬上高高的烟囱，没有人会认为他是小偷；

平安夜的时候总是有卖火柴的小女孩划亮了手中的微光，照耀了所有微茫的幸福；

平安夜的时候总是有雪人安静地站在喧闹逼近不了的僻静角落，在黑暗里念着书中的文字；

平安夜的时候总有很多烟火纷纷升到天空，在夜的背景里渐渐消失；

平安夜的时候总有明朗的灯光和剔透的红酒，平安夜的时候总有很多秘密悄悄蔓延在心里。这些都是世界在这一刻显得幸福的原因。

每年看一遍《真爱至上》，每年期待一次最浪漫的事，每年觉得那样的雪夜会有什么发生，尽管那么多年过去了，什么都没发生。

害怕触景生情的老赵

一名男性育婴师,为了尽快摆脱世俗眼光,躲到咖啡馆,
谈了一场看似目的性很强的恋爱。

"老赵!"我正在整理柜台面上的曲奇罐头,猛一抬头,冷不丁出现一张熟悉的脸,不由地惊叫。

一般来说,干我这一行,每天打照面的人虽然多,但真正相熟还要能叫得上名字的,实在寥寥无几。何况从一开始就上晚班,老朋友没法见,新朋友交不到。可能正因如此,见到老赵,才会异常欣喜。

老赵显然没有心理准备,往后退了好几步,全方位打量我,又上前了两小步,确定是我后,笑容终于代替了惊讶。

"很久不见你,出差了啊?仍住隔壁青年旅社?"我先问他。

"住在南山路。不过,脚步不听使唤啊,走着走着又走到这里来

了。"老赵苦笑。

老赵是我两年前在街角咖啡馆认识的,那时候还没有深夜书房,我也还不是服务生。因为喜欢青年路,每天晚上都会去街角咖啡馆。老赵也会去,一般比我晚半个小时,大约12点左右。尽管是半夜,咖啡馆客人依然很多,他总是选坐在吧台位置。和这暧昧的气氛格格不入的是,几乎每次,老赵都会抱着一大摞厚厚的书,几次之后,我发现,都是和育婴有关的国内外资料。他点杯咖啡,边喝边看。

我会比他早走,他约莫都是和咖啡馆一起下班。咖啡馆里的生态很奇妙,几次注意到有同一个人在,就会颇有默契地点头致意。这和职场不同,你提着公文包、踩着高跟鞋,脑子里想的都是加班开会,从来不留心每天擦身而过的人。

老赵不是天天来,密集几天,消失一阵儿,我粗略估计了下,如果来,基本上会连续一周,然后一个月不见。直到后来相熟了他才告诉我,自己是江苏人,是个育婴师,来杭州多为出诊——为有需要的3个月以上的婴幼儿提供生活照料、护理和早期教育。

在这之前,我没有接触过育婴师,更何况是男性育婴师。无关性别歧视,只是本能地觉得这个和新生儿以及年轻妈妈打交道的行业,总是女性来得方便和合适。这个道理,和不能想像女电工、女搬运工什么的一样。

关于这点认识误区,老赵会给我科普以及扫盲,比如育婴师里

"婴"的年龄范围，比如自己具体要做些什么，而杭州，因为经济水平较为发达，对于儿童的早期教育很重视。所有这些，都是在他喝完一杯咖啡、上过一次厕所的固定时间里被灌输的。一开始还怕打扰到他，还好，在他看来，我是个很好的倾听对象，无形中是在帮他梳理刚刚读过的内容。

老赵并不老，大约30岁出头，在这个行业内算是年轻有为。而他的经历却足以写成一本励志书。工商管理科班毕业，原本干着一份忙碌但是多金的工作，生活说不上精彩纷呈，倒也锦衣玉食。不想在29岁那年，哥哥赌钱失财，父亲病故，母亲生了一场大病，突如其来的一连串家庭变故，使这个家和老赵都受到很大打击，老赵不再上班，坐吃山空，消极堕落，每天赖在床上。不到一年，积蓄除了给母亲看病，便也用得差不多了。直到母亲一句话点醒老赵：你也该去找点事情做做了。这个时候，老赵发现了育婴师这个职业，国内稀缺，报酬颇丰。

从买书自学到报班学习再到实习育婴员，可能受了母亲家里世代为医的基因影响，老赵考到育婴师执照，并不费劲。

之后，他就出来行医了。这是一种不用握手术刀的医生，但难度并不低于开膛剖腹。光是口头普及就是一门大学问，要告诉人们育婴师和月嫂不同，也不是母婴保健师。而最大的困难还在于舆论压力——他是个男人，一个单身男人，一个长得还不错的单身男人，却频频闯入陌生人家庭，和年轻妈妈以及不经事的新生儿打交道。

这个世界并不是非世俗的。

老赵白天忙活自己的专业，晚上就抱着书来咖啡馆。他每次都住在旁边的青年会，地段好，价格也合理。我算是看出来了，书，只是他的道具，没有相熟的人来，或是被不喜欢的人搭讪时，他才看书，安静得与世无争毫无怨言。

我不是每次都能与他说上话，几次见他都在与女生说话，我认得，就是咖啡馆的服务生，白天上学，晚上过来做兼职。由于晚上不是很忙，女生大多时候在吧台，把洗好的杯子一个个抹干，倒扣在杯盘上。老赵就在她对面，认真地看着她做完这一系列动作，很陶醉似的。在我一个外人看来，老赵就像是来等女朋友下班的暖男。

没过多久，我就因为筹备悦览树而很少光顾街头咖啡馆了，有时候会想到他们，一度以为他们在一起了。

一时一事，很多人和事只在特定的情境下才有被谈论的意义，环境更迭，它们便不再被提起。老建筑若是保留，也好，驻足缅怀还有一定的可能，如果连具体物件都不见了，那就不怪记忆衰退。自从和我小伙伴发现原来的街头咖啡馆变成馄饨铺后，曾经在那里的无数个深夜一下就被稀释了，哪怕好几次我看到咖啡馆女服务生来我们这里。她不认得我，我也不与她打招呼，反正本来就不相识。

老赵不同，他的到来让过往像老电影一样在我脑海里过了一遍。我给他做了一份适合这个季节喝的去糖红茶拿铁，再把这间悦览树书房从头到尾向他介绍了一遍。老赵像是找到了新的兴奋点："那敢情好，我不用一嗅到老板要关门的意思就紧张，担心书看不到尽兴，而且，是不是说,我不用再抱着一大摞书走来走去了?直接在你这里看不就行了!"

从筹备深夜书房那天开始,我们赋予它的意义便不局限于卖书和咖啡。随着时间和熟客的累积,我们借客人手机充电器、数据线,有时候借完了,伙伴便贡献出自己的;我们也帮客人保管一部分书籍,不过这项服务不是约定俗成的,书这种东西,万一客人第二天来要时枉称皱了或是破了,就很难说清了。说到底,这种不在我们业务范围内的"人情服务",前提必须是双方看对眼,比如,之前看《梦粱录》的老编辑,这次的老赵。

由于是夜间散步逛到这里,这个夜晚,老赵没有带任何工具书,他饶有兴致地翻完了小S的《心机母女》。这是本老书,前阵子整理书架时我把它放在了最不显眼处,却没想到被老赵揪了出来。因为不是着力于传统的"母女情深"或"教养子女",我揣摩着老赵该是获得了不少育婴心得。以至于我送柠檬水给他时,他正在不住地乐呵。

这个夜晚并没有什么不同,老赵只管看书,我依旧做着该做的事情。不知道过了多久,老赵起身,伸了伸懒腰,一看手表:"呀,都早上5点了!"屋子太静,显得话语太响。

"早知道就退房了,反正也没去住,可惜。"老赵放回了书,笑道。

突然想起没问他换酒店的原因。

那时候,青年会是他最中意的地方,他像个义务宣传员,鼓吹着住在那里的各种便利，比如，房子很复古，住着很多老外，旁边有咖啡馆，晚上就是酒吧……总之，那么喜欢，没理由生生地换住处啊。

"要说，还是青年路好，有当地人生活的气息，是有杭州味道的。有几次我住靠近国货路那几间，一大早就听到大伯大妈用杭州话互相通报当天的菜价。碰到别人肯定恼了，但正因为我是个暂居的外地人，反而觉得好听极了。"

老赵说，到另一个城市暂居分两种：一种纯粹跑景点，好回去告诉邻居们"我到过杭州啦"这是老派的走马观花；一种看似和往常没什么两样，实际上却在深入市井生活，换一个地方过一样的生活。按照这种理论，老赵觉得这次在南山路的旅社显然非常观光化，它的周边不乏"到杭州不可错过的××景点"，但他感受不到真正属于这个城市的气息，包括一句方言。所以，沿着南山路、湖滨路、解放路，走着走着，又走到了老地方。

"有过失败的尝试，那就赶快搬回青年会吧，离我们书房还近，永远给你留一个位置。"我发出邀请，毫无所指，但算真诚。

"你说得对，有过失败的尝试，就要及时扭转过来。"老赵若有所思，"我不会住这儿啦，太多的过去，本来随着时间渐渐消淡，不想因为场景的重现重又被勾起。触景生情，真是损己不利人。"

我才知道，今年初，老赵曾和街头咖啡馆的吧台姑娘谈过一场短暂的恋爱，然而老赵总是纠结于自己的动机——作为男性育婴师，总要有自己的婚姻和孩子才更有说服力，同时也可保全自己处于安全不被非议的有利处境。行动上，他以为带有目的性的恋爱算不上大错；心理上，本性的纯良和理想化又像心底那个小人，时不时出来指责，以至于他分不清真爱。这种情绪带到二人世界里，久而久之就出了问题。

"想来也蛮伤感，和她相处了三个月，竟没有一张合照。有时候想起，也只能惨淡一笑。"春天那么短，思念却很长。老赵的触景生情理论不攻自破。

我笑笑，不打算与他理论。已知他不会搬住处，只能欢迎下次再来。

老赵走后没多久，我收到了一条微博，是老赵，他在离店的时候，以书房为背景，自拍了一张照片，表达偶遇我这个老友的欢喜。让我吃惊的是，照片最后面有个黑衣女子的背影，看样子正欲推开书房门而入。那个人，正是老赵的前女友，最初街头咖啡馆的女服务生。我收藏了这张照片，是为证明两个人曾有过合影。但我不会告诉老赵，因为，关于触景生情，老赵的情绪还在起伏。

【守夜人手记】

自拍的人，焦点都在自己身上，当微笑摆好，眼神上扬，早就将镜头可能还一起包揽着的周边的人和事忽略。老赵一直这样，沉浸在自己的世界里。

其实，这也算的上一种优良品质，也只有那个时候人才可以褪掉浮躁，静静地看事物。平时你去打篮球，看到的是你的对手，你的球筐，但静下来时，只消坐在球场上，看那些杨树枝，真是好看呀，细细的树干顶着抖动的树冠，摇摆起来毫不枯燥，一直盯着它看也不觉枯燥。也只有在那样悲伤的时刻，才真切地发现，我们原本跟这个世界没有任何关系，唯一可能的联系就是情感，看到一棵树一个球一块石头有了感情。触景生情的人都是悲观主义者，但也只有他们才能写得出好诗词，柔肠寸断。

一个中年男人的特立独行

> 一个深沉嗜读的中年男，抛妻弃子，
> 却与前妻父母为伴，享用"岁月静好"。

"今天下午，那个小鬼又来了，他竟然把客人的鞋子给藏了起来，真是，亏他想得出。你知道怎么样，客人脱了鞋盘腿在沙发上看书，估摸着中间打了个盹，醒来发现鞋子不见了！哎哟，那真是尴尬啊，客人光着脚下地乱找鞋子啊，那么，找鞋子肯定不是默默的嘛，整个书房都沸腾了。我们怎么办啊，只好安抚她坐下，再帮她查监控。果然又是那个小鬼，他把人家鞋子藏在书架下面的储物柜去了。"

上中班的伙伴终于挨到我得空，趁我外出擦玻璃窗，迫不及待汇报今天下午发生的事，边说边笑边叹气。

她说的这个小鬼我已有多次耳闻，据说只有八九岁，一般在工作日的上午背了双肩书包前来，找一个座位坐下，打游戏到中午，点一份主食，坐到下午，点一杯饮品。和那些只根据食物颜色取食的同龄孩子不同，他似乎很会看菜单，专挑新品点。春天，凤梨海鲜炒饭和樱花玛奇朵；夏天，青瓜汁搭家常冷面；秋天，桂蜜拿铁佐栗子蛋糕；冬天，柠檬姜茶配杏仁牛角酥。吃饱喝足，小鬼偶尔翻翻漫画书，等母亲下班后带他回去。

毫无疑问，这是个逃学的孩子，而他自称母亲是知情的，只不过他母亲早已对他束手无策，学校里容不下他，只求儿子多福平安，就在自己办公地点附近给他找了悦览树这处安静、安全的地方，还给他办了充值卡，既可以买书，也可以用餐。在今天之前，他的"劣迹"仅限于"横躺在沙发上""非要和其他客人拼桌""打游戏声音太响"，好在提醒有效，便不再追究，直到今天下午，这一恶作剧着实惊动了整个书房。

"后来有找他谈话没？"我问伙伴。

"哪里抓得牢他，他偷笑着看到客人穿上鞋子后就逃走了。"伙伴叹气。

"那得找他家长谈谈了，养不教，父之过，孩子的一切责任是要成年人承担的。"我们的老客，在桂花树下凝神已久的中年男人听到了我们的全部对话，回应道。

"改明儿我白天来，会会这个小鬼！"男人手捧咖啡杯，转身进了门，留下一句，"桂花树下喝桂花味的咖啡，适宜。"

玉宇无尘，银河泻影，月色横空，桂花满庭。我和伙伴相视而笑，像是忘记了刚才话题里那个让人闹心的捣蛋男孩。

第二天晚上,我刚刚换上工作服,中年男人就来了。

"中杯桂蜜拿铁,栗子蛋糕。"不多不少,男子掏出准备好的57块零钱。要是我没有记错,这是他这周连续第三次要这样的组合。

"今天有会到那小鬼吗?"我边打小票边顺口一问。

"老丈人这两天没出门溜达,我也不方便白天出门,就在家伺候他们三餐,没得空呢。"男人回答,大有"等他们出门的日子我再来"的言下之意。

这个中年男人是我们的常客,总在夜深人静时来,每次都是要一个主食加一份饮品。内容颇有规律,每月头一周基本都是我们的时令新品。这些新产品都是我们在常规的咖啡和天然酵母包之余设计的每季当令食物,我们不是餐厅,体现不出"不时不食"的精髓和伟大,也只能在细节上为喜欢新鲜感的年轻人准备,拿来和季节呼应。然而,对其领会最透的却是这位50多岁的常客。

咖啡、西点,对于吃米饭面条长大的中国人来说并非常规意义上的"一蔬一饭",因此,稍一换口味就相当于重新挑战他们的接受度。举个例子,从原理来说,抹茶拿铁和桂蜜拿铁的关系犹如清蒸带鱼和红烧带鱼,前两者用的是同一个咖啡基底,后两者用的是同一条鱼,只不过调料/风味不同、做法有别罢了,但是人们的接受程度完全不同,这从我们前台的沟通就可以看出来,新产品最考验服务人员的综合水平,因为大多数人对新产品总是持有怀疑态度。

但这位常客不需要我们的讲解，总是怀着极大的好奇心要一份当季的新品，甚至还自动融入季节里。比如秋天，他就捧着喝剩一半的桂蜜拿铁去室外的桂花树下站一会儿。他说，老天爷将一年分了四季，每个季节都给予了独有的美物，人们就应该跟随这种既定的规律。

因为是熟客，我和伙伴总会客气地将餐食送到他在靠近吧台的固定位置，省去了自取的步骤。他报以点头致谢，继续看书，看完走人，兴致高的时候与我们交谈几句。

从这些闲言碎语中，我们得知了中年男子的一些基本情况。

本地人，原本是美国某大学的客座教授，去年因为检查出来听力有障，便回国休养。同时，前妻和女儿还留在美国，女儿已嫁人成家。

回国后，他给自己的个人消费额度是每天200块人民币，包括咖啡、蛋糕、香烟，以及书。一周看完4本书，雷打不动。

有年轻女朋友一枚，且育有一子（至于是不是当年夫妇离婚的导火索，我们不得而知）。只是，不到30岁的女友和50多岁的自己实在有着无可逾越的代沟，两人不再来往，甚至连儿子也不再过问。

男人现居前妻父母家，料理两位老人的饮食起居。老人们户外走动的时候，男人就出门来读书，老人们在家的时候，男人陪在身边哪儿都不去，等到晚上老人们睡去才出门。

风轻云淡，人生关系的不断错位和复位，轻得就像"我有个朋友"

的事。而我心头的种种疑问，比如，如何才能与离婚的妻子保持这么友好的感情？主动要求照看前妻的父母是不是为了赎罪？真能做到对女友的不闻不问？凡此种种，一一被他看透。

"小姑娘，我知道你在想什么。人和人之间的关系有很多种，有些有血缘没情分，有些有情分没血缘，有些二者都有，总有一天你会厘清并合理归类这些情感。你自会知道，哪些是你舍不掉的，哪些原本就和你没关系，哪些是你不便于插手的。"男人给我推荐蒋勋的《欲爱书》，我知道这书，两年前刚出简体字版本。

西蒙·范·布伊在《爱始于怀念》中问：在相遇之前我们相爱吗？如果爱确是另一种血缘，那么，在枝节复杂的时间与人世之中，当我们历经离散，是否终会屈服于挣不脱的牵系，而一再相逢？我有点羡慕这个男人，他把身边人都安顿得很好：前妻在美国过她想要的中产阶级知识分子生活，且有女儿时常相伴；女友独自摸索属于她这个年纪的激越和精彩；想要静下来的自己，回到熟悉的城市，和岳父母为伴，是时候享用"岁月静好"；而他幼小的儿子，将独自流传着他新的血液。

我不认为男人会对这个小儿子不闻不问，但他似乎更愿意谈论和前妻之间的感情，那是经过了时间洪流的相知相依。从伦理来说，这是一种没有血缘的新型关系，但从缘分上来说，却巧妙地成了亲人重逢。

连续几天，可能岳父母都没有在白天出门，男人一如既往地深夜读书。而我们都很想看到他摆出大学老师的姿态管教下这个捣蛋的小鬼，因为关于小鬼的新闻这几天又是频频被爆料。

"今天这小鬼又闹事了，竟然去摸人家孕妇的肚子，还把耳朵凑在上面。唉，幸好跑得快，孕妇的老公差点要揍他了。"

"藏了人家的鞋子不过瘾，又在客人的眼镜上打主意，幸好被伙伴及时制止。"

我一个夜班服务生，头一次听到这么多白天"趣闻"，决定去白班见识见识。

因为上通宵班的缘故，按掉闹钟再起来已经是下午2点，比原定起床时间还是晚了2小时，等我赶到书房，隔着落地玻璃，远远看到中年男子正和一个小男孩面对面坐着。中年男子背对着我，腰板笔挺；我能看得清男孩的五官。就像大多数激素过剩的"零零后"，小小年纪竟也在上唇三角区生了淡淡的胡须。他坐着，桌上放了书，眼睛始终在四处张望。我猜，他就是那个知名的捣蛋小鬼。

我走进屋子，走近吧台，面对着男人，他并没有和孩子说些什么，只管一个人读书；对面坐着的小鬼双脚不停地晃来晃去，虽是坐着，并不安生。两块栗子蛋糕装在一个盘子里，放在中间，两人面前各一杯饮品。

"你来啦，来看这个小鬼？今天他还算安分，一杯桂蜜拿铁喝到现在，没有闹事儿。"白班服务生急忙向我报告。

"约莫是这位神人发威了，把这捣蛋鬼制得服服帖帖的。"

"你看，他们俩面对面坐着，多像爷孙啊，像是日剧里常有的正襟危坐的画面。"

伙伴们七嘴八舌，最后一句话说出了我心里的预感。

"小鬼他娘一会儿就要来了，你没见到过哦，美人哦。"正在换衣服准备下班的伙伴凑在我耳边打报告。我从办公室探出头，看到安然坐着的男子和小子，庆幸答案即将揭晓，不想男人却起身向屋外走去。他在桂花树下站了会儿，正如那些夜晚，凝望，呼吸，却没有回转过来。

夜里，我正式返工，没有碰到男人，想来，既然下午来看过了书，晚上该是服侍家中二老了。

之后我依旧上晚班，中班的伙伴依然在夜里向我爆下午班的料，也有几桩还是关于捣蛋男孩。说有一次他在书房里唱歌，伙伴便说："把你妈妈电话给我，让她领你回家。"小鬼可精了，反问一句："充值卡是我妈妈给我办的，肯定能查得出号码。"意思是，你休想套我任何事情。倒有一件事不合常规，当伙伴们故意在他面前"私下里"讨论"他妈妈也治不了他，非得让他爹来"时，小鬼总能出奇地安静。

起风的日子，桂花瓣被卷走，香味渐渐散去，深秋连带着初冬一起到来。

"柠檬姜茶一杯，杏仁牛角酥一个。"中年男人要了一个每年冬季都要上市的组合。

"冬天夜里冷,先生要穿厚一点的衣服哦,要不然路上冻着。"我的伙伴体贴地劝道。

"下周就要去加州了,那里阳光应该还不错。我的女儿生娃啦,我升级做外公咯。"男人笑笑,少了点应有的眉飞色舞。

"那你这里的儿子?"我脱口而出。

男人抬头我,一眼把我看穿。但他不点明,犹如最初。转手从书架上取两本《欲爱书》,回到座位上,在书的扉页刷刷书写。

他将书送给我和伙伴,说是感谢这些日子里的关照。给我的那本,像是回答了一个遥远的问题。

"儿子,只是提醒我知道自己在土地上有血源的牵系,但是,他是一粒新的种子,应该借着风高高地飞起,要孤独地去寻找自己落土生根的地方。因此,看起来我是背叛了血源和伦理,当我孤独离去的时刻,我知道自己的背叛其实是为了荣耀新的血源。"

【守夜人手记】

春节前,我和伙伴收到一份国际快递,是好几个被擦洗干净的松果,在西方,它们是圣诞节的信号,挂满松枝,就是年末了,人们亲热地叫它"松婆婆"。附着的卡片里有一句话:在这里,季节吃不到嘴里。我笑,那是真的,比如生姜,在国外卖得巨贵,且只在华人超市才有。

季节感是评判一个人出身高贵与否的试纸，因为，只有良好的教育、安稳的环境，才能培育出足够锐利的对季节的感受和表达。这些人淡淡的，不疾不徐，包括对人和事。

我一直以为，这是人的品格，是一种基因，只会遗传，不会感染。所以，最早提示我将捣蛋鬼和中年男子联系起来的，是两人的点单习惯。

现实总要比电视剧深邃，因此，还没等到答案揭晓后的感人场面，当事人就走了，在这个冬天，无声无息。

客人留下的书一直放着，在这里，我看到了一种新型关系的可能，它们不局限于血缘。

不知道男人对于这个儿子的态度算不算逃避命运，或许，逃避命运本来就是一种命运。再过几年，男人就不记得有过这么一个儿子了，其实大家都很好。让我想到白茫茫雪地里的宝玉披着猩猩毡，向父亲叩拜，血缘能维系住的，也就这些了。

借助远方释怀的女孩

对着屏幕和陌生人说心事,在真实存在的人面前沉默不语,
这是我们这个时代的话语习性。

周日的夜里并没有什么不同,做完报表,整理完柜台和书架,开了电脑,开始编辑第二天要发的微信。下周活动很多:两场作者亲临现场的"悦读会",几本新书首发,新推出的几款好吃的产品也会入柜售卖……总之,修图、调字体、起标题,有我忙活的了。

照例,打开微信公众号平台,先看看新增了多少粉丝,再回复消息留言。纯信息式的留言最好回复,比如,你们具体位置在哪里呀,现在有什么折扣活动,上了哪些新品;难的是情绪类的商讨,总有一些朋友,他们已经把书房,或者说这个以书房为载体的微信平台当成温柔夜色里的情感信箱了。曾经碰到过一个姑娘,晚上11点多在我们后台发信息,唱歌唱了半个小时,发了十几条语音过来,之后又像无事人一样消失不见了。

我刚回复完最后一条信息，正要打开素材页面，瞥见"新消息"处原本已清空为"0"的地方又跳出了个"1"，是刚刚发来的：

"十几岁的时候只想快快长大，巴望着过年就能往年龄上多加一岁，那时，哪里能料得到今日的恐慌和不甘；十几岁的时候咒骂生活残酷，连睡眠都不能够给足，哪里料得到今日无眠，却再也没机会补回当年因为睡觉落下的作业。深夜书房，如今我喜欢你的安静。这是要到一定的年纪，才能领会的好。"

喜荣华正好，恨无常又到。

在我即将30岁的年纪里，也常有这样的揪心和不甘，那是一种无法与外人道的别扭情绪。比你年纪小的，他们着眼于你已经拥有的中产生活，甚至扬言甘愿用年华换功名；比你年纪大的，一口认定这是对现世安稳的无病呻吟，因为对他们来说，你尚且有他们羡慕的年纪。同龄人？呵，30多岁的同龄人多数已经沦为夹心层，没空闹闲情。

我有种立即回消息的冲动。

发消息的人的ID叫"探惜"，结合以上文字，如果我没有猜错，那是取自《红楼梦》里探春和惜春两位贾家小姐的名字，按照曹公的本意，俩字谐音为"叹息"。头像是女子的半身照，举着相机，正好遮住了脸。是个低调又不安分的女子吧，我在心里笑出了声。

"套用加西亚·马尔克斯的话：生命中曾经拥有的所有灿烂，终究都需要用寂寞来偿还。寂寞是常态，早点体会，未必坏事。"

我无意于做心灵训导师劝她珍惜年华,"顺应"是我自己的人生哲学,未必适用于所有人。

"啊,真的有人回?请问是真人吗?"信息刚发出,就收到了回复。

"请问机器具备如此深情体贴的人文关怀吗?"我想都没想,直接回了过去,心里止不住地偷乐。

"哈哈哈",我正在预估这下她应该过上好几分钟才会来一段长文的时候,静谧至极的书房里传来一阵笑声。我抬头望去,半圆靠背沙发上,一个齐耳短发的女子低头对着手机屏幕,一手捂住嘴巴,努力不让笑声太放肆。无奈夜太静,她的笑声格外具有穿透力。

女子穿着水绿色棉布轻复古长衫,领口有一个显眼的盘扣,侧面短发别在耳朵后,垂下来遮住了半边脸。黑色长大衣和棕色小皮包搁在旁边的座位上。自然而然地,我一下就把她和屏幕后面的"探惜"联系到了一起。时间、情境、动作,都"正巧"能完好对应起来。

笑过,女子对着手机屏幕开始敲字,神情专注,好像要说一个动人的故事。我刷新了下页面,看到微信平台上的"新消息"数目依然显示为"0",放心地去编写明天要发布的微信。

夜凉如水,但我一点都不平静,这条微信编得我很不耐烦。图片的格式和大小时时受限,同一页面停留太久后又要重新刷新,害我担心白做。正怒火中来,一句"请问这里有三星充电器么"让我抓狂,心想:"就不能让我顺顺利利编完一条微信吗!"可一抬头,是刚刚那个握着手机偷乐的复古女子，一脸温和地求助，我便没了脾气。

"本来是来看书的，所以没带充电器，想不到和人一聊天，电就没了。"女子跟着补充了句。

懒得去办公室取备用充电器，我把自己的那根借给了她，回到半吊子的编辑页面，一心想把眼前事儿搞定，但又想到可能已经有新消息了，巴不得离开此页面后退回去看。最后，好奇心还是让我先保存当下没完成的内容，瞥一眼是否有新消息。

果不其然，一连三条新消息已经躺在了消息列表里，故而怨不得手机没电——虽没有百分百肯定，但在我看来，这个年轻的复古女子就是探惜。我从最底下的那条看起。

"'变老'，这个词应该是小屁孩拿来调侃和玩笑的，比如，生日、过年的时候，瞎感慨一句：又老了一岁咯！其实内心从来没输给过岁月，永远觉得自己是最青春有为的。而长辈也会故作严肃地指责：瞎说啥呢，我们都还没说老呢！"

第一条到这里为止，估摸着是思索了一会儿。从时间上看相隔5分钟后，第二条是这样写的：

"无论今年20、30，还是40，只要没有结婚生子，我永远是父母的小孩儿，他们永远是那顶天立地的大人。灯泡坏了，水管漏了，第一反应是：找我爸来！身体不适了，想逛街了，第一反应是：妈，你在哪儿呢？可是，他们也会老的啊，他们也会离我而去啊，他们走了，我怎么办？今年，是我离开他们独自生活的第十年，我早已习惯一个月不和他们联络，却无时无刻不在想一个永远无解的问题。"

这是第二条。

第三条和这条隔了约有20分钟——这是不是也足以说明我编微信的速度实在太慢了？

"今年过年，我在父母的大床上蹦来蹦去，我妈对我爸说，'你看你女儿，30岁的人了，怎么还这样！'其实，在他们眼里，我是没有年龄的，我可以永远13岁。然而事实是，年月让这个扎小辫的女孩长成大人了，有了成年人的病痛。

"我不知道我的同龄人，那些还和父母生活在一起的人，有没有想过，那两个你们以为永远是铁人的双亲，总有一天会老。如果你没有想过这个问题，那是你们都很好。"

看完三条，我有点沉重，在重新点击第一条打算再顺着看一遍的时候，发现又来了一条。

"真是极度讨厌多愁的自己啊，多么希望我是那个今朝有酒今朝醉，突然死在路边的人。主页君，您多担待点儿吧。"

最后一条显然是故作轻松的自嘲，但我一点都笑不出来。

我抬起头盯着刚刚借了充电器的女子，她把手机搁在大衣上充电，翻开的是董桥的《今朝风日好》。

现在的人啊,要不是自己说一个确切的年龄,光从外表是看不出来的。她精致,不像是刚刚从写字楼里加班出来的白领;她说杭州话,不是来这里过一夜的旅人和商务人士;她就是这个城市里那个勇敢直视失眠的青年人,不在床上翻来覆去,不做深呼吸,不吃安眠药,不喝酒,不撒泼,她克制、冷静,在深夜剖析自己。

我已经顾不上编辑微信文案,借着擦窗户去屋外。栖息在月光上的夜啊,是一只皮毛顺滑的猫,等待着一只像我或像她一样的都市归巢倦鸟。当我回到原位,反复三遍读完这样的文字,清醒的头脑告诉我:你做不了训导师,也不是摆渡人。我把写完的文字复制、剪切、粘贴,涂涂改改,反复斟酌。

这个女子,看了看书,又不时瞄几眼手机,表示有"未查新信息"的绿灯一直没亮。她有点焦虑,划开手机屏幕。那时凌晨2点半。

她拔掉充电线,慢慢绕好。动作很慢,边绕边在想什么。最后一个步骤是把小的一头塞到线里去,一个整洁的充电器呈现在我面前。

"用好了啊?"我接过充电器。

"嗯,差不多该回家了。"女子有点惆怅。

那一刻,我毫不犹豫地点了"发送",将刚才拧巴过的文字传给了她。

"有个德语单词叫fernweh，意思是迫切想要去远方。当你发现在自己熟悉的生活里无法解开关于成长的困惑时，也许可以借助远方来释怀。"

她已经走了，我看不到她的表情，听不到突如其来的一声克制又随性的"呵呵呵"。

本来，我和探惜姑娘的聊天就到此为止了。她没有在夜里再来，也许真的是远行去了，也许她解开了交错繁杂的头绪，不再失眠。要承认的是，微信平台本身就不是一个聊天的地方，久而久之，我差点忘记了她。直到几个星期后的夜里，消息栏里，这个别致的ID再次出现。

"嗨，是你吗？你的远方疗法有点用哦。所以，现在我恳请你，把我的心情抄送我一份吧。"我愣了一下，继续看。

"是这样的，前几天手机出了点状况，很多APP都重装了，没了微信记录。突然很怀念那个深夜里的我。那些文字和心情也许幼稚，但是真实的，我想保留一份，偶尔抽出来看看笑笑也不错。"

我笑了，好像又听到她有点不好意思的"呵呵呵"一笑。她不知道的是，微信后台只保存最近5天的消息。

5天，可能是这个时代赋予信息的保鲜期，过期就会失去时效，继而变质、腐烂、被分解。我在想，是不是所有快乐和忧伤都能这样自动瓦解呢？快乐归于平淡，忧伤转成习惯，交给时间，总能平复一切，由不得你。

"你说，生命中曾经拥有的所有灿烂，终究需要用寂寞来偿还。从此以后，它们是伦常生活里的最好的回忆和鲜美调味剂。"我认真胡诌了一句发回给探惜姑娘。

成长是一件冗长的事情，就像冬天的夜，拉长了整个街道。点"发送"的时候，我也呼了一口气，夜凉如水。

【守夜人手记】

我后来想，女子一早就该知道我是那个屏幕后面的微信君了。只不过，在这场虚拟的对话里，发声的人具体是谁并不重要。对着屏幕和陌生人说心事，在真实存在的人面前沉默不语，是我们这个时代的话语习性。

安慰无意义。这里不是"我爱问连岳"，我也不是知心姐姐，自始至终，我甚至不知道她是谁，从哪里来，去了哪里的远方，却不妨碍我在这头将现实剥给她看。

任何关系都是一种疾病，比如和父母的关系，就像是胃胀气，和其他红尘男男女女的关系，就像每个月都要来一下的腰酸啦，肚子痛啦，滴滴答答。因此，要有信心，因为孤独才是常态，也是寂寞的唯一出口。

一场莫迪亚诺的盛宴

冷门的诺贝尔文学奖得主,恰有读者救急般的贡献出了私人藏书,这就是任何人之间的磁力。

2014年10月9日晚上7点,瑞典学院宣布2014年诺贝尔文学奖授予法国作家帕特里克·莫迪亚诺(Patrick Modiano)。

这让我措手不及,书房里几乎没有这位"新科状元"的书。

相比另一位常年被提名的村上春树,这个名字显得有点小众,就仅有的了解他的中国粉丝而言,可能大多数和我一样,因为王小波在《青铜时代》里的《万寿寺》,开头第一句话提到莫迪亚诺在《暗铺街》里写的:"我的过去一片朦胧……"之后,王小波又用了整整三大页,写了一本他一直想"据为己有"的《暗铺街》和偶像莫迪亚诺。

印象里,书房刚开的时候,我曾按照国籍布置书架,有过两本人民文学出版社出版的莫迪亚诺的《青春咖啡馆》,因为带有"咖啡馆"三个字的tag,我一直留着它。然而,书的出版年份是2010年,在日益快捷的图书消费市场已显久远。后来也一直没有他的新书上架,莫迪亚诺仅有的一点知名度也淡去了。

我把所有书柜翻了一遍,仅有的两本《青春咖啡馆》都没了。而在另一个书架上,村上春树各个时期、各个版本的书摆放有致。我禁不住想,如果今天揭晓的得主是他,那我只要在十分钟之内打印一张标语贴在书架上,告诉大家快来这里买诺贝尔文学奖得主的作品,真是毫不费力的借光宣传。可是,偏偏是他,作为一家书房,我连一本像样的书都拿不出来。

"我什么也不是。这天晚上,我只是咖啡店露天座上一个淡淡的身影。"2009年,@LZL在一次闲聊时背诵了《暗店街》的开头。2010年生日,我在那天的博客中模仿了这个句式。2013年,它又出现在@LZL的《重庆时报》专栏里。今天,我却因搬家,把它封存在了某个纸箱中,遍寻不着,只找着了这本《夜半撞车》。

微博手机版的提示声把我从不切实际的臆想中拉回来,我的好朋友费先生发了一条微博并@了他的朋友LZL和我。在和文学艺术有关的重大事件上,他总是能从自我经验出发,很快给出反应。

"生命的精彩正在于每个独立的个体都能找得到对应的兴奋点。这样的夜,普通至极,却足以让一部分人骚动了。就好比欧冠的时候,就该轮到另一部分人兴奋了。"

我用书房的官方账号转发了这条微博,粉丝们陆陆续续开始评论。

"今夜无眠啦,开始翻箱倒柜找他的书。"和我的朋友费先生一样,很多人开始找书。而找书的过程实为放纵回忆,那些和买书相关的时间、人物、场景又会像电影一样放映。如果说从头到尾,书只有一本,但因为附着在每个人身上的体验不同,也就有了书的无他性。

"在一个《八月的星期天》,泡完《青春咖啡馆》,来到《暗店街》尽头长满《夜的草》的《凄凉别墅》。"有资深粉丝将莫迪亚诺的作品串联了起来。他们甚至在原微博底下讨论,诸如,一个说:"我期待《一度青春》《魔圈》,这两本没有";马上有人接着:"《寻我记》就是《暗店街》,《魔圈》就是《环城大道》,都是早期的译名了。"正好也给我扫盲。

"悦览树有他的《星形广场》和《夜巡》么?"碰到这样的铁粉,我有种说不出的高兴和失落,只能劝他稍微等等,并用上最官方的措辞:书到了后第一时间通知你。

因为没有"状元"的书,我站在书架前,几乎使不上什么劲儿,刷了会儿微博,就往柜台里走。座位上的客人和半小时前一样,读书的,写字的,看手机的,我当然不能指望他们像申奥成功一样全体欢呼,说不定他们也正在微信上和朋友讨论诺贝尔文学奖,谈论着莫迪亚诺呢。

我想起看过的唯一一本莫迪亚诺的书,《青春咖啡馆》,那个叫孔岱的咖啡馆里面有个人,拍摄了大量经常光顾的那些客人的照片,然后他自己也变成了一个常客;有个记录咖啡馆日志的人,在他厚厚的三本笔记本里,咖啡馆的常客何时出现,走怎样的路线,身份和理想,事业和嗜好,全都被记录下来。我不也是一个这样的人吗?我突然笑了,觉得站在这里的意义突然被放大了。是呵，这样的观察和记录固然在现实中是无谓的举动，仿佛把扑火的飞蛾描绘下来，但这件事本身就浪漫得足以让人忧伤。

"嗨嗨嗨，发什么呆呢，看我给你带来了什么！"一个并不熟悉的声音把我唤回现实世界。我抬头，是LZL兄，我和费先生的共同好友，也是费先生微博里@过的那个人。但我和他碰到的次数不多，他是个记者，一般都在上班前的两小时，也就是下午1点左右过来，据说是看半本书，喝一杯超大杯美式咖啡。

还没等我寒暄，他已经坐下，迫不及待地打开纸板箱子。

"诺贝尔文学奖得主，莫迪亚诺的书，几乎是全的！"他气喘吁吁。

他边喘边说，嗓门自然稍大些，旁边几位客人侧目。

"有点冷门哈，出版社什么的都措手不及，国内图书市场几乎绝版啊，哪里还有成规模的他的书的库存啊。我，算是他的粉丝了，你瞧你瞧，够全了吧，还有，这本《暗店街》还有一个法语原版，去年去法国的时候特别买的。"射手座的LZL快人快语，一边说，一边展示，把书一本本从纸箱里取出，中途还容不得我插话。

"今天我休息，7点钟看到这个消息后，我立即去书房整理他的书。想着你这里肯定没有，就索性拿来，供读者借阅。借阅啊，不卖的，等出版社加印了，你这里货足了，我再搬回家去！怎么样，够意思吧！"

这时，身边已经围着两位客人，他们漫不经心地翻着LZL正一本本往外放的书，一边略带崇拜地问他："你从什么时候开始迷他的呀？""他在自己国家里的地位怎么样啊？"LZL一点不嫌烦，一一作答，还问客人的名字。

"你把这些书摆到书架上去吧，或者，你看，搞个特别陈列区，我先写稿子，今天这个诺贝尔文学奖的专版落到了我的头上。"

我给他做了个大杯美式，然后清空两个空格，笃悠悠地把箱子里的书填进去。

几年前，单位一次聚餐，回来路上，几个人谈起了书事。我当时说，喜欢法国小说家，随口背出了莫里亚诺的小说《暗铺街》的开头：我什么也不是，这天晚上，我只是咖啡店露天座上的一个淡淡的身影。这场大雨是于特离开我时开始下的。

那时候，LZL新到我之前所在的单位，和周围的人不大熟。一次部门聚餐，大家喝了点酒，聊兴很浓，谈起了书事。LZL当时说，喜欢法国小说家，也随口背出了莫迪亚诺的小说《暗铺街》的开头。这一下，让他认识了两个朋友，一个是懂法语的费先生，特别喜欢莫迪亚诺的小说。后来，LZL无意间把自己的一本《暗铺街》弄丢了，网上也找不到了那个版本，费先生把书借给他重温了两周；另一个是我们部门的大姐大，后来LZL离职，仍能见到他们在微博上互透书讯，以及读书的环境：窗外的风景、打在书上的阳光或雨声。

我把书堆整齐，再以最快捷的方式打印了一张字条：诺贝尔文学奖获得者莫迪亚诺作品借阅区。

LZL写稿的间隙抬头看了看书架，满意地点了点头。见到有客人站在书架旁边翻阅，又站起身来，拍了张照片。

"明天在你这里举行一场读书会吧？就读莫迪亚诺的书。我在稿子里预告一下。"LZL不由分说，"书非在咖啡馆而不能读也，尤其是这么多人一起。"

几个人坐（走）在一起，谈的是书，这就是读书会，百度百科已把"读书会"收归词条。读书会可以成为我们青春的一部分。不像任志强等人，问退休了以后做什么，他说了两件事：办读书会、开幼儿园。

现代城市里，读书会、咖啡馆与文艺青年，似乎都是分不开的，就像家长会、幼儿园与小保姆三者的关系差不多。

那一晚，LZL交了稿就在书房里看书，确切地说，是看他自己的书。那些书里有他当年阅读的记号，下划线啦，注释啦，批注啦，是和当下心境相关的。今天再看，又是不一样的旁白。

在杭州这样安居乐逸的城市里，还没见得当晚就有粉丝冲过来买书的文化盛况。明星效应，至少要再过几天，随着媒体的报道，以及出版社的跟进。LZL的美式咖啡早已喝完，我又给他做了一杯，当是续杯送他的，一看时间，已经是凌晨了，再过一个小时，他所在的报纸就会送到书房。

邮递员来了，也意味着我下班了，他就是我的闹钟。我们打个照面，各自走开。

"要了解一个城市，比较方便的途径不外乎打听那里的人们怎么干活，怎么相爱，又怎么死去。那个不打烊书房，作为首选读书的会场，我觉得，很好，就像我们的青春，投入了早已约好的白桦林。"报纸上整版的诺贝尔文学奖专版是这样登的。

我把报纸的这一版面贴在书架边。希望更多人看到，并且来参加晚上的读书会。

就是这样，离得很近的一个人，因为缺乏感知，所以陌生无语，但可能会因一本书的开头，或者对一个词语的记忆，成为无间至亲，由此开始的拓展讨论，深入到一个你无法想象的空间和可能中去。

"现在想一想，那次聚餐回来的路上，就是一场读书会呵。人生能有多少个类似的归途呢？不是时间没了，而是环境变了，人也变化了，那条路其实一直存在着。"

和LZL走回家，秋天的城市早晚温差很大。对我来说，秋天从来就不是一个萧瑟凄凉的季节。枯死的树叶和越来越短暂的白昼从来也不会让我想起有什么东西要终结，对我来说，那不是结束，而是对未来满怀期待。

【守夜人手记】

"那家咖啡馆有两道门,她总是从最窄的那扇门进出,有时候,她会坐到他们中间去,但大部分时间里,她还是喜欢坐她自己的那个专座。"第二天晚上,我踏进书房,读书朗诵会已经开始。还没到上班时间,我穿着便装,站在人群里。

"我们在这里见过。"有人拍了拍我肩膀。那是我们书房的熟客,但他显然已经记混了,只觉得我面熟。

"你等下哈,轮到我念了。"他摊开本来用手指夹着的书页,开始朗读,"她也可能像我一样,只是偶然地、无意识地走进这家咖啡馆的。她到了这个街区,想找个地方避雨。我素来相信,某些地方就像磁铁一样,假如你在附近行走,就会被吸引过去。这种吸引的方式你不会察觉,甚至都没有料想到会发生这种事情。只需要一个上坡的街道,一条洒满阳光的人行道或者一条隐没在阴影中的人行道,就足够了。或者一场瓢泼大雨突如其来。"

这是《青春咖啡馆》里的一段,书中描写的孔岱咖啡馆因为所处的地理位置特殊,在人和人之间形成了一种磁力。

"悦览树就是我们好几个人心中的'孔岱'啊!"客人念完回到我旁边,又招呼了LZL说要介绍我们认识。

我看了下手表,差不多该换衣服了,便离开了人群。

"那天晚上，在一家咖啡馆的露天座位上，我只不过是一个模糊的影子而已。我像一个孩子吃完生日点心回来时那样，腋下挟着一只红色的大盒子，木然站在那里。我敢断定，他当时还冲着我说了些什么，但是大雾把他的声音闷灭了。只有低处纽约林荫大道上川流不息的车辆，象征着这里尚有生命。除此以外，我们周围满目荒凉，一切都是僵死的。就连能够隐约看见的在塞纳河对岸的埃菲尔铁塔，这个平常是那么令人放心的埃菲尔铁塔，此刻也好像变成一堆烧焦了的废铁了。"

那是LZL的声音。

谁说这里不是一场流动的盛宴。

"那么，您找到您的幸福了吗？"多年之后，这句话一点也没有丧失它的亲切与神奇。

我换好衣服，站在柜台里。刚才那位客人看到我，张了张嘴巴，又点了点头，像是明白了什么。

夜间骑行人的驻足

> 夜骑队伍的偶然路过,使得深夜书房兼具了"夜骑自救培训点"的功能,暗含一个母亲对儿子深沉的爱。

这个城市的夜里,有人用睡眠和即将过去的一天作别,有人整装待发,正欲开启一天中最有活力的时刻,那是他们的盼头。

凌晨2点,悦览树的落地玻璃窗前呼啸闪过一队装备精良的"夜骑人"。虽说是一刹那,但因为队伍庞大,还是在书房引起了不小的轰动。

"wow!"一位面向落地玻璃坐的客人站起了身,两手撑在桌面上,身子微微前倾。

"这个城市越来越丰富多彩了哈,有人和我们一样,专门晚上出来活动。"骑行队倏忽骑过,留下落寞的小路,没有人为他们加油喝彩。客人转过身,到吧台加水,自言自语。

"也许他们日日都来，只是我们没注意到。"我顺口说了句，算是回话。

"不会哦，姐姐你想，队员们都穿得很鲜艳，不是荧光绿就是荧光橙，多么耀眼啊；而且刚才我们也看到，车前车后都有手电筒光，这么夺目，不会看不到的。"小伙伴反驳了我。

想想也是。我点点头，继续做事。

"能帮我加点水吗？"听到这句话的时候，我正低着头往柜台里添补蛋糕。透过透明蛋糕柜，只看得到一个人的腰部位置，那是个荧光橙人。

我迅速而小心地把头抽回来，眼前这个人，头戴"龟壳帽"，身穿"紧身衣"，套着黑色软皮手套的手握着一个运动水壶。我本能地望了望窗外，想看看是不是有一个车队在等着他，想确认他是否就是刚才过去的那个骑行队里的一员。不过，窗外什么都没有，倒是一辆自行车斜靠在我们店自己搭的横木条台阶边。

"好的，没问题。"不知道为什么，我接过他的杯子帮他加水，而不是让他去自助饮水台。

"这是家咖啡书吧？刚开的吧？"他问。

"对，不打烊书房，开了倒是有一阵子了。"我一边加水，一边回答。

"我说呢,我们也是很久不骑这条路了,刚才骑过,发现还没打烊,好奇心哈,所以派我折回来探个究竟。"男人继续说。

他的水杯里丢着几粒铁皮石斛,灌满热水后它们又沉到了杯底。我把杯子递回给他,他道过谢,朝门外走去。走下台阶,跨上自行车。

伙伴得意地朝我挤挤眼,意思是:他说对了,这么闪耀的队伍,怎么可能一直看不到。

第二天,车队没有经过,倒是一位老太太吸引了我的注意。我已经记不清她是什么时候进门落座的,但是过凌晨2点仍没有离开,在我们的书房,着实非常抢眼。

老太太头发花白,齐耳而梳;穿一件中式对襟上衣,服帖、精神,看样子,在70岁上下。我倒了杯热水递到她面前,顺着她的视线望向窗外。许久,她才意识到面前有人,扭过头,朝我点点头,说了声"谢谢"。我很想问她是不是不舒服,或者在等什么人,需不需要帮助。但是,她又扭转了头去。作为一名资深的服务行业人士,我突然不知该如何开口,好像任何一句拙言都会惊扰到她。

2点半,老太太起身。没有直接出门,而是径直来了吧台,弯下身子细细看柜台里的糕点名目,又在自助饮水台前站了好一会儿,转头突然发问:"你们有创可贴吗?"

本来,我正想着问问她想吃点什么喝点什么,没想来这么一出,拉开抽屉扫一眼后迅速反应:"还有一张。"

"您是有什么需要吗?"我探头出吧台,以最快的速度最礼貌的眼神浏览了一遍她的身体,确定是不是有伤口。

"噢,我知道了。别的,纱布、药箱什么的,肯定没的吧?"老太太继续问。

"这个,好像还真没。"我如实回答。

"好的,我晓得了。不早了,该回去了。"老太太朝门的方向走去。

"老太太是医护人员吧?随时关注社区就近简易医疗。"身旁的小伙伴凑过来。

"那也用不着大半夜来吧?"我瞅瞅小伙伴。

两人对视了一眼,表示无解。

也许对你来说,这些过客多少有点奇怪,他们不睡觉,问些不着边际的问题,你除了如实回答,没有可以扩展的继续下去的余地。但是不可否认,正是他们,给漫漫长夜调剂出了一抹别致的色彩。我见过一晚上捣鼓着复古玩具且神情木讷的中年女人,我见过边看书边在书房走动时不时还要念出声来的年轻女孩,还有夜闯书房嚷着要喝啤酒的醉汉,有点瘆人,却也让人觉得不那么无聊。老太太就是这些过客之一,无拘无束地闯入我们的视野,又无所羁绊地离开,构成了我们逃脱现实时的放肆。

老太太走了,我们没有继续讨论,直到次日我上班,盘点空盘子的时候,竟然发现办公室多了个医护箱。伙伴们才想起向我汇报,以及等我来决定是不是要放在外场公共空间里。

"昨天的老太太拿来的?"我本能地联想到了昨天夜里那个齐耳短发对襟衣的"社区卫生老干部"。

"说到做到,雷厉风行吧!"比我早发现情况的小伙伴已经打探到,今天一早,就有人送来这个医护箱,说是作为公共场所,需要有一个备用的箱子,碰到突发情况时会方便很多。

我打开箱子,酒精、创可贴、纱布、紫药水、消炎药,甚至还配备了止泻药,尽是对抗身体突发情况的应急药物,这倒是让我们肠胃不好的小伙伴也有救了。只是,没人知道这个神秘老太太是谁,什么时候会再来,以及这些东西是不是无偿使用。

正在纳闷儿,屋外一阵声响,我放下医护箱走进吧台。

原来,一支夜骑队伍光临。和上次不同,他们不再只是呼啸而过,而是齐刷刷将自行车往书房的台阶上一靠,关掉挂在车头的硕大照明灯。进门就在其中一个人的建议下,就长条椅而坐。

这个时间,书房没有别的客人,10个人包场,刚好坐满一个长桌。因为是两两面对面,那阵势,说不上西式晚宴,倒是像极了七分钟约会,统一着装的小型深夜派对。

坐定,解下手套,头盔搁在一边。派出一名队友来吧台替大家点餐，就是那个一开始示意大家坐长条桌的"带头大哥"。他走到吧台，我认出了他，没错，正是前几天来讨水喝的男人。

不含咖啡因的热饮人手一杯，同时，在我的建议下，男人要了些适合夜间吃的食物，松饼、酵母包、酸奶，宗旨是口感要软、热量要低、容易消化。

最年轻的队友向我要了个热水瓶，为每个队员水壶里添水；有个队员询问洗手间，得知在屋外拐角处，另一个女子便自告奋勇陪同，她们手拉手愉快地出门了。屋内安静，客人们宁神作调整。我则忙着给每一样吃食加热、切片、装盘。待客人们大口补充水分后，吃食也差不多全部摆上桌了。凌晨2点半，统一着装的骑行队员开吃，随后开始交谈。

这群自行车骑行爱好者里有企业老板、公司白领，还有在校学生、退休大叔。夜晚公路上的汽车较少，没有了白天骑行的风吹日晒，加上有几个上班族白天忙，所以他们约定总在夜间出发，因此号称"神出鬼没"。每周一至周六是他们固定的活动日，一般夜骑约40公里。交通工具是自行车，终点是美食。

为了保证骑行的新鲜感，每晚的目的地都有所不同，而杭州又有绝佳的地形优势保证这种新鲜感。杨梅岭、翁家山、九溪十八涧……在这个城市的深处，藏着好些骑行圣地。不过，由于晚上照明度不佳，山间夜骑的危险性也大为提升。因此，这些资深夜骑爱好者们身上的四大金刚一样不少：头盔、手套、警示灯、照明电筒。尤其是头盔，不戴头盔不能参加活动，且时刻不离身。

深夜书房正成为不折不扣的深夜食堂,刚刚运动完的人们不急着回家,他们选一个地方,补充能量,也为给刚才的骑行和接下去的睡眠找一个缓冲。边骑边聊那叫兜风,为专业骑行者不屑。因此,虽是一队人骑在路上,过程却始终是孤独的。人和人的沟通仅在于跟随领队的口令,不时地变换队形。

"本来昨天就要来的,结果一个队员说要回娘家睡,我们下山后就往西边拐了,先把她送到家。""带头大哥"边付钱边说,"这下,可以有个安静的落脚点了,以前尽是在路边摊儿歇脚。"

"那是什么?""带头大哥"指了指吧台和办公室交接处的台面。我扭头一看,就是刚才我顺手搁在那儿的医护箱。

"噢,一个老太太放在这里的医护百宝箱,什么都有。"我突然灵光一现,"对了,你们要是有需要,记得跟我们要。"

我听人说,同样是骑车,夜骑的危险性要远远大于白天,骑行者们热衷的山路,大部分照明设施都还不完备。尤其碰到恶劣的天气,简直是骑行运动的大敌,不少"夜游神"都有在湿滑路面摔倒的经历,装备的夹式刹车系统也容易在雨中丧失效果。

他们追求刺激,享受心的年轻,可是没有一个正规的机构能保障这群人的安全,说到底,他们自己都救不了自己。

"是不是一个老太太拿来的?""带头大哥"脸色煞白。

"你没事吧,热水够不够?"还没等我问完,"带头大哥"叹了口气,默默踱到屋外抽烟去了。

我走到长条桌前,万般求助地望望大家,又指指窗外的"带头大哥"。刚刚给大家倒热水的小姑娘拉拉我的衣角,小声说:"我是他的徒儿,大哥之前因为夜骑受过很严重的伤。我们要没猜错,那箱子就是他妈妈送来的。"

可怜天下慈母心。如果我没有猜错,昨天,老太太就是来等儿子的。但因为临时的变故,并没有如愿,因而留下了这个医护箱。

我把医护箱挪到柜子上,在旁边写了张告示牌——悦览树免费服务点。

【守夜人手记】

你从不早起,就像这个姑娘,但嫁到邻村后她不得不早早起床,当她第一次看见田野里的晨霜,她说:"我们村里从没这东西。"你觉得世上不存在爱情,那是因为你起得不够早,无法遇上它,而它每天早晨都在,从不迟到。

在写这个故事前,我读到这样一段话,饶有意味。

我以为在深夜上班,就读懂了深夜;我以为见过那些深夜来的人,就全面体察了深夜。但是深夜里的人情,没有一出是在剧本之内的。我相信微光，我希望能这样，我们日常的生活，点滴琐碎千百年后依旧能在暗中散发微光。

或许初次路过，只是好奇而进门来要水喝的人们并不知道是什么吸引他们短暂停留观望，但我知道，也许就是递过的一杯水，传达的一个微笑，留在指尖的暖。事实证明是对的，男人的妈妈，也就是"社区卫生老干部"后来告诉我，那天，儿子回到家说起这样一间很有暖意的深夜小店，弥补了夜间骑行人只能吃路边摊儿的遗憾。这也解释了我的逻辑的不足之处——妈妈怎么知道儿子会来这里呢？

要说的是，后来，我们专门把"在路上"的系列书分类，那些激扬的人生，那些挥霍的青春，是骑车人永远停不下来的梦。而悦览树也定期成为了"夜骑自救培训点"，定期讲座，现场解答，组织者就是这支骑行队伍和"带头大哥"的妈妈。当然，也有很多经销商，来问我是不是可以寄售头盔、手套等骑车装备，我暂时还没答应他们。

身为同行的兔子姐

每个人心中都有一家街角小书店,有古老的书本和会讲故事的姐姐,它们永远年轻,不随时间和科技而消失。

运作了半年后,我的这家不打烊书房渐渐稳定,那些真心诚意询问"你们24小时书房几点关门"的客人少了,我也不用高频率地将详细地址——"青年路31号解放路新华书店一楼著名的奎元馆斜对面公交车站官巷口这一站"连贯匀速无误地描述一遍。于是,在接近年底、学校又没放假的时候,我决定启动二期工程。

那一块区域本来也是全天开放的,只不过沿用了传统新华书店的格局,死板,老旧。比如,书都是立着排排插在书架上,很难一目了然;比如,读者要是站累了,只能在旁边的台阶上席地而坐。将其作为我们的二期工程,除了继续不打烊之外,阶梯式的新型空间将从物理上将读书的孤寂感升级到可分享可交流的对话模式。

收工并且启幕的那天,我邀请了本地很有人缘的作家小麦,以分享新书为名将新空间隆重推出。同时，照例招呼了一些媒体朋友前来捧场。特殊的职业属性导致弹性作息，因此，媒体人是我们的常客。我始终相信，他们有发现和传播新生事物的本事和威信。

然而我心里是没底的。网络书店盛行，折扣越来越大，没有人能预测卖书人的未来。我纳闷儿会有多少人像我一样，因为喜欢一家书店的风格，感激店主为爱书人有心经营的环境，而坚持在店里买全价书。我只是希望这样的小书店，至少能像街角的便利店一样，能够成为夜归人可以企盼的一盏明灯。如果可以，开到我的小孩长大，我会让TA乖乖地挑本书看，回家后再告诉我TA看到了什么、听到了什么。TA一定是青年路上优秀的新参者。

当天的发布会很成功，因为是周六，加上作家的分享主题是"亲子"，家长们看到公告后带着娃都来了，围坐在小麦身边，把我当初设计成"阶梯式"读书空间的初衷发挥得淋漓尽致。没有宾主、没有阶级，现场只是读书、聊天、喝咖啡。

记者们开始了现场采访，专找那些可以归类为"文艺青年"的妹子，这样的报道该是多么接地气啊，非常具有吹捧咱们主旋律的作用。这个人群，对实体书店仍然抱持着一种微妙的思慕和朝圣心态。她们几乎都提到了《查令十字街84号》和《莎士比亚书店》——小书店追随者的圣经。前者且不说已经出了好几年一直再版未脱销，就连远在英伦的原址，也有读者们不辞辛劳地慕名前往；后者自从进入公版领域，已有多家出版社扎堆，纷纷推出新老译本且长盛不衰。

晚上10点，读书分享会从严格意义上来说已经结束，家长们领着娃渐渐散去。接着就出现了颇为讽刺的画面——逗留至此的记者似乎比读者更多。

他们中有些要做一个实体书店24小时全记录——不得不说，这是一个讨巧的选题，以时间为节点，真实记录又喜闻乐见，且没有技术难度——真实还原就好了；有些是借机来发现新闻素材的——说真的，在人人都是记者的自媒体时代，职业记者只有加倍努力找素材。而很多素材，真是靠天给。

凌晨1点，一个样貌普通的中年女子走了进来，快进门时，突然扭头按了下车钥匙以确定车门是否锁好。这是一个初到者，没有径直找位子坐，也不直奔书架，而是四处转悠，略带审视的眼光，细看每一寸木板、黑钢。这样的客人其实不在少数，但是她又有那么点儿不似常规的前来参观的人，因为，她神色严肃，像是刚被人夺去了心爱的玩具；而且，她根本不开手机拍照。

这是她吸引我注意的一点，相比欣然来此消磨时光的大部分客人，她更像是接受了某种使命前来调研，就差手上抱着纸本在每一个空格项里打分了。

她在书架前徘徊，指尖划过每一本书的侧棱。那种气势，带点甄别和检阅，是无声息的打量：让我瞅瞅你这里的书符不符合一个专业读书人的水平。

每一排书架都浏览过一遍,扭头又向吧台走来,以慢而低的语速语调问我:"怎么没见《美国大城市的死与生》这本书?"没等我开口,又补充一句:"雅各布斯的。"

我不是很确定书的具体位置。因为二期刚刚开张,书的品种刚经过调整。我走出吧台,带她走向二期新空间,一边告诉她,她要的书或许是在这里;一边极力回忆,争取将书找出来。

她的到来,立刻就成了守候着的记者们的好素材——瞧瞧,瞧瞧,在这样浮躁的社会,有人专程在夜里前来看书。正是这样的人,"延续了一种良好的氛围,一种爱书人四目相对的瞬间便能辨识出的亲切感与认同感,一种精神上的接近与舒适感"——我抄来的,给记者们新闻稿里的官方话术可以用上了,真体面。

礼貌起见,中年女人把找书的任务委托于我,自己和记者们一起在阶梯位上席地而坐。一经问答,才知道中年女人的到来实属误打误撞。她家住城西,原本是要去现在同样很红很有谈资的"理想谷"书房,谁知位置偏僻没有找到。想着反正都出门了,索性一路奔西湖而来,借机见识一下另外一家以"不打烊"为"噱头"的书房,就是我们家悦览树。

来的都是客,我耳语了一位与我私交还不错的记者去吧台,帮中年女人点一杯柠檬姜茶。和咖啡不一样,这款不含咖啡因的冬日暖心饮品几乎没有人能够拒绝。

记者点完单，端着姜茶回来，我已顺利帮客人把《美国大城市的死与生》找到。中年女人同时接过姜茶和书，脸色稍有缓和。

她翻开书，对记者们说："你看，雅各布斯早就在书里指出，大城市和社区不断发展，却支持不了一家好书店的生存，多讽刺啊。"

"可是，你不觉得在我们杭州，无论是理想谷，还是悦览树，都在证明文化产业还是有人埋单的吗？"记者们反驳。

"我不这么认为，你看，这里除了你们，有几个自发来看书的读者？"女人抬起手，看了眼手表，"现在是凌晨1点半。"

"不仅如此，你看在座的人，有几个不是把手机放在身边，微信铃声比书的情节要紧，对不对？"女人脸上虽然勉强有笑容，却仍无法为犀利苛刻的言语掩饰。

众人面面相觑。

我下意识摸了摸口袋里的手机，那个代表有新信息的绿色信号灯一闪一闪的。我侧了侧身，偷偷看了眼手机。通过它，人们生动而热切地表达着、交流着。相比之下，真正面对面的时候反倒有些不知所措。这里的人都习惯于握着手机，忙着回复一些"紧急的事情"，懒得开口找话题交谈。

没有月亮，星星如此暗淡。人置身在这样的黑夜里，也就成了黑夜，那就让夜来得再浓烈些吧。我暂且回到吧台。

"您一会儿是开车回去,还是,待在这儿看书?"凌晨3点,读者走得差不多了,连记者们也渐渐散去,作为告别的客套话,有个记者问中年女人。

"要不困,我就待这儿吧,暖和、舒服,书也可以;要是困了,就旁边找个旅舍。大半夜的,不想再开车穿城了。"面对男记者们惊愕的表情,她跟了句,"干吗?中年人也需要沾沾年轻人的劲儿。"

书房一下被腾空了,除了中年女人,只剩下那个要集满24个整点的特稿好员工。他来过吧台两次,分别给两杯柠檬姜茶添水。

夜笼罩着他们,等再见到,是我要下班的时候,我特意去阶梯位置上观望了一下他俩,只看书不交谈,像是要保存能量读书。

报道很快就出炉了,先是网络上,熟客、老友、员工不约而同地将其用微信扫一扫后发在朋友圈,或是单向传给了我;再过一天,报纸上的大篇幅报道也陆续送到了店里。不出所料,那位夜闯书店的中年女人作为典型人物被重点描述了一番,甚至她引用《美国大城市的死与生》来讨论实体书店的段落也被记者专门用楷体单独拎了出来作为小标题。

我收集了所有当天的报纸,把有关对我们的报道剪下来。质疑实体书的存在价值和讨论纸媒会不会消亡本质上一样。无论如何,人总是需要一些能够掂在手上、有点分量并且足以证明一些什么的东西。我像读书时候那样,把剪下来的报纸贴在白本子上,在相应的地方标注时间和版面。

"呀，那不是谁嘛！"

伙伴突然在我身后大叫一句，吓了我一跳。

"让我看看，我看看是不是兔子姐。"他一把夺过刚剪下来的报纸。

"没错，就是她，你不知道她是谁吧？"伙伴盯着报纸辨认了一会儿，确定是她说的那个人，一脸得意。

在我的追问下，这个女人所有的严肃、挑剔、博学都有了理论依据。她是城西很有名的民营书店掌柜，而我因自小住在城南，对那一带毫无所知。小伙伴告诉我，兔子姐的社区小书店几乎和他差不多年纪，因此感情很深。小时候家里大人要外出，就把他带到书店，兔子姐会为他挑合适的书。从绘本到小说到杂文，几乎所有的知识汲取都在那些看书的年月里。

You are what you read，不知道该翻译成"什么人读什么书"还是"你读什么书就会成为什么人"。语言和文字这东西，真是最堪玩味的。我们都是这样的人，把和自己最亲密的东西视作可以去信任和栖身之物。我的小伙伴甚至想，等大学毕业后就到兔子姐的小书店做导购。

去年，我的小伙伴放假回家，却发现小书店不见了，兔子姐也不见了，几经打听才知晓她正在用一场长途旅行来平复。再之后，再之后的事，就是小伙伴来到了我的书店做导购和侍应生。带着期盼的笑容，进出于虚拟的数据符号之间。

这就是缘分。

兜兜转转，迷茫间寻找徘徊，一转身，命运就那样落落而来，带着笑容，出现在身旁，那一刻，散落了一地的阳光。

【守夜人手记】

每一个小店都有一个故事。

这是一家经营了40多年的老店，小小店面堆满童话书，小时候从凯瑟琳母亲手里接过书的女孩子长大做了母亲，再领着孩子从凯瑟琳手里接过书。她是老板，是店员，是周末的"故事姐姐"，孩子们满地乱坐，张大了嘴，听戴着魔术尖帽的凯瑟琳讲悬疑故事……

不幸的是，小书店被狐狸先生吃掉了，他的连锁书店敞亮、阔大，书多又廉价，像个超级市场。即便是愠怒的凯瑟琳带着挑剔的眼光走进去，还是不得不对这种商业行为表示接受。但是，她怎能过得去心中的坎儿呢，她以一个专业导购员的姿态发现了这种大型书店的最大缺陷：售书员面对顾客对书目的询问一脸茫然。凯瑟琳告诉他作者姓名，他仍茫然地问："怎么拼写？"

这个小书店是电影《You've got a mail》里凯瑟琳的街角书店。

什么样的书店才能生存？这实在是一个永不过时又极其乏味的提问。就像一个很成功的民营书店老板曾跟我说："别去掺和那些煞有介事的讨论，真正买书的人都在看书呢，没工夫扯淡。"

我们的城市有很多大型书城，英文甚至直接叫"Book City"，书的城市呵。但不是每个人都能接受令人恐惧的巨大空间和应有尽有的海量书籍。这几天，我也听说有了智能书店，说是在书店内看到好书随时随地结账，不用再去收银台排队；逛街时突然收到二维码，竟是朋友购买后赠送给自己的好书；和朋友来张阅读的自拍照，微信打印机马上就为你打印好；朋友通过你的链接购买图书，你还能拿到利润分成……

可是，无论技术如何先进，不可替代的永远是"人"，所以我一直在用自己的方式营造小书店的温馨感——至少，我说得出什么书在什么地方。有包装的书都会在面上摆一本已启封的供人翻阅。墙根一溜分类细致的非畅销书柜，书柜下用木地板砌了几步小台阶，大家就坐在台阶上静静翻书，绝对没有横眉店员来撵你起身。

这样想来，当时中年女人"兔子姐"来问"怎么没有《美国大城市的死与生》"颇有点考验的意思。

写下这个故事的时候，我听那位相熟的记者说，兔子姐已经去他们报社上班了，专门跑图书这条线。他还特别关照了声"以后来你这里蹲点，还得多关照"。

在图书业的前辈面前，我何德何能，最多，让小伙伴给做杯柠檬姜茶吧。

深夜众生相

1

一个大杯滴滤咖啡加冰块,一个松饼,口味随机,他总会刚好给我28元,而且一定是两张十元纸币,一张五元纸币,三个钢镚儿。我习惯性地问他:"需要打包袋吗?"他会笑一笑,然后摇摇头。

接着把报纸夹在左腋下,右手以拇指、无名指、小指,牢牢稳住咖啡,以食指和中指夹起一根吸管。我习惯性地把小票放在他摊开的左手掌上,并感受到他手掌的余温。每月初我们发工资的那天,我都会记得帮他打一张上月消费的发票。

17日清晨,我已经把早早打好的336元发票准备好,在柜台等他,他竟然递给我一张百元钞票。

我捏着钞票,怔在那儿,也忘记把发票从口袋里掏出。

"不会算术啦?"男人浅浅地笑着,好像早就预料到我会因为他自己出乎常规的举动而迟钝。

"我知道这样不好,也知道你的爱只能那么少~"

2

读书的时候最怕也最盼望1月份,怕是眼看着期末考试来了,盼是因为又要过年了,这一个月,都要在喜忧参半中度过,因此下狠心:远离考试,安度生命。却不曾想永远无法摆脱——因为,大波大波的学生在这个时候拥入书房通宵达旦,就像是在提醒我莫忘那个揪心的年少时光。

那夜,将近凌晨,一位母亲领着儿子走进书房。我不明白为什么这样的时候不让孩子先睡个好觉再说。然而面对客人,我终究要服务而不是质疑。

母亲让儿子先在位置上坐,自己来到吧台咨询。她的要求非常苛刻:既要新品,又要提神。前者是因为她是我们的老客,大部分咖啡都喝过,想变个花样;后者则是因为儿子读书太困了,需要提神。

可是,真正能够醒神的,哪里有什么新品,不就是双份浓缩咖啡么?要不,加水变成美式咖啡也行。没等我向她解释新品咖啡无非是各种糖浆和奶泡的变幻组合,她又开始自言自语:虽然要提神,但不能太苦。可是,要知道,那些名字很好听的玛奇朵里成分较多的是淡奶油,咖啡因含量并不高。这位母亲盯着咖啡单看了又看,手指从上滑到下,又滑回来,最后,决定试试蓝莓玛奇朵时,转头一看,儿子已经手握铅笔,倒在桌子上睡着了。

"噢妈妈,烛光里的妈妈,你的黑发泛起了霜花~"

3

每次有老年人在深夜光临书房,总是很让人揪心啊。看多了虐心的社会报道,心里无数个坏心眼儿的小人总会第一时间跳出来:不会是梦游症吧?脑子好使的吧?

凌晨12点,老奶奶手上带了本《曲人鸿爪》悠悠地踱进了书房。她摊开书里夹着的一张纸,和我确认上面说的是不是这里。我一瞅,是打印下来的我们的微信公告。

"我孙女,在澳大利亚,说是朋友圈里都在转这条消息,于是'委托'我来视察。"

"我孙女很孝顺的,也没说让我半夜来,但我想吧,既然是24小时书店了,就要来体验下深夜的味道吧?"

一听这话,我放心了,不仅没病,还是个潮老太哈。

"我也来点一个东西喝喝。"老太太看了看在座的客人,又扫了眼菜单,"浓缩!"掷地有声。

这个是我必须要事先告知的:虽然价格最低,但只有一两口的量,而且口感浓郁,极易导致失眠。

无奈老太坚持。

"天那,乖孙女,我点了个东西,怎么有股发霉板蓝根的味道!"这是在我们对话后突然发出的声音,惊天动地。老太正在跟孙女讲语音。

接下来,老太太看完了整本《曲人鸿爪》。

"when I was young, I listened to the radio, waiting for my favorite song~"

4

"我们有蘑菇培根意大利面,黄咖喱牛肉饭。"

"能不能给我做黄咖喱意大利面?"

深夜,有个客人很饿。

"麦兜:麻烦你,鱼丸粗面。
校长:没有粗面。
麦兜:是吗?来碗鱼丸河粉吧。
校长:没有鱼丸。
麦兜:是吗?那牛肚粗面吧。
校长:没有粗面。

麦兜：那要鱼丸油面吧。

校长：没有鱼丸。"

5

书房来了个头发卷卷的老姑娘，她在我端着咖啡送上前的那一刻，紧紧握住了我的手。她笑，笑得让我不敢出声，然后任由她缓缓舒展我紧握的拳头，直到完全摊开手掌。

"掌纹凌乱，情感波折。"她比划着我的生命线。

呵，这都是无形的命运的一部分。而我，扳断掌纹线去往自己想去的地方。

我回过身，给自己点了一杯招桃花的樱花桃橙冰茶，继续读《2014唐立淇星座运势大解析》，这是前几天一位给我看相的客人留下的。

"啊…啊…啊…啊…自古多余恨的是我，千金换一笑的是我，是是非非恩恩怨怨都是我～"

6

一阵电掣后，男人将哈雷停放安稳，走进书房。这个城市不允许骑哈雷，也只有这样的深夜，才可以放肆。

但他却不是机车男，相反，脱下外套后，露出的是湖蓝色褶皱棉麻上衣和蓝白花跨裤。上衣做成汉服里中衣的样式，宽袖，窄领。

他握一本古琴谱，要一份素食沙拉，一张即将过期的当天日报。

"需要袋子吗？"他用笑容回报我的热情，摇摇头。把报纸夹在左臂腋下，大拇指和中指捏住沙拉。

沙拉佐琴谱，汉服配哈雷，我对这个人有了点儿好奇。

不多久，他吃完沙拉，用食指和中指压平整包装纸盒，起身丢入垃圾桶。

出门后，他把报纸放在坐垫上，跨上摩托车，屁股坐在报纸上，踩动车子走人。临走之前，我会再看他一眼，他仿佛意识到我的眼神，腼腆笑一笑。

"嘿，我是摇滚派竹林七贤喔！"

屏幕上扫过那些转角的深秋，林林而立的私人店面，现实中没有太多人奢望会真的遇见那么一个人。今天，他是男主角。

"你也许避我唯恐不及，你也许把我当作异形，可是你如何真的确定，灵魂找到自己的样貌和身体。"

7

我对季节一直非常敏感，因此，特殊时候前来的人，我一定会记得很清楚。一场突如其来的夏夜倾盆大雨把她淋了个透湿，我赶紧取出备用毛巾，帮她把头发擦干——可不是，说是书房，其实什么都有。

她加入到人多的那一桌，而他们也没把她当不速之客——这不是中国咖啡馆常见的景象——大多数人都巴不得独占一座，谁要来拼桌就像领地被侵占。

我听到一句，"诗歌的单位不是有意义的词而是字母。"

也只有这样的夜，让书房更像一个小酒馆，盛放不同的人。

"喜爱春天的人是，心地纯洁的人，像那紫罗兰花儿一样，是我知心的友人；喜爱夏天的人是，意志坚强的人，像冲击岩石的波浪一样，是我敬爱的父亲；喜爱秋天的人是，感情深重的人，像抒发爱情的海涅一样，是我心爱的人；喜爱冬天的人是，胸怀宽广的人，像融化冰雪的大地一样，是我亲爱的母亲。"

8

我们不能没有淘宝，不能没有快递，快递员是除了恋人之外，我们最想见到的人。

怎么会有这么变态的社会啊。

11月11日，无论是图书打折，还是咖啡蛋糕组合优惠，所有关于"脱光"的浪漫促销都很无力。我是上通宵夜班的，却无法阻止伙伴进行"12点秒杀"——他哀求我,就几分钟时间,让他回办公室。

这不是什么大不了的事。真正的灾难在后面几天,来来往往络绎不绝坚守岗位的快递员成了书房的常客;甚至客人的快递也会留书房的地址,在他们看来,书房是不会走丢的传达室。到了晚上,办公室里的快递堆成了小山。客人们排队,报上自己的大名和手机号,那些虔诚的马云子民,像极了申领救济金的难民,每一份快递都是他们的希望。

"我曾经跨过山和大海,也穿过人山人海,我曾经拥有着一切,转眼都飘散如烟～"

9

"噢,貌似没有零钱了,麻烦找零吧。"这个胡子拉碴的男人在书架前转悠了一个小时后,选了本畅销书《因为深爱所以放手》递给我,抬头看看黑板上的饮品名目,又点了一杯超大杯美式咖啡。正要"结算",他又重新翻了翻钱夹。

"找零吧!"最后还是决定。

我不好,眼睛太尖,一眼瞅见他钱夹里的好几张五块。

"好吧,既然你看到了。"男人很警觉,"这些,我告诉你哦,不是钱,是纪念币。"他索性掏出了那些五块纸币。

门开了,一位客人离去,凉风"嗖"一下趁机钻了进来,我一抖,像是恐怖电影的开场。

"哪里是纪念币啊，不就是普通的钱么？"我颤巍巍接过那些钱，翻来覆去地看。

"你不知道，这些编号都是有意义的，这张，藏着她的生日年月日"，男人无须多看，就指着一张说，"这张呢，哦，是我们认识的那天。"

"把每天都当作纪念日，把自己当作纪念品……虽然结果颇令人伤心，了解之后也没什么了不起，爱情终究是握不住的云，只是我想要告诉你，在我落寞的岁月里，你的温柔解脱我的孤寂～"

10

"能借下充电器么？"

我一抬头，男人站在女人的座位旁，手里拿着一个黑莓手机——一般来说，在这个大多数人都用大屏三星或者苹果的年代，诺基亚、黑莓都被视为备用款。而我的惊诧还不在此——因为，那位男子，明明一直坐在另外一区的角落，和女子隔着最最遥远的距离。

"哦"，女的头也没抬，就拨了自己的手机，正要低头去拨充电器，男子摆摆手："我把手机放你这里好了。"

女子点点头，面无表情；男人微微躬身，将线连了手机，摆在桌上,回到了原位。

没过多久,手机来电震动了起来。女子瞥眼瞅了瞅,没作声;又一会儿,再次震动,女子再瞅一眼,没作声;然后,无论手机怎么震,女子都无动于衷。

我把这一幕发在朋友圈里,让好友们来想象结局。凌晨,竟然有那么多还没睡下,或者说睡不稳的人——他们都是我的潜在接班人呐。

有人定义这是"新型的搭讪方式",比如他设定的剧情是"那些不停打来的电话都是男人自己打的,如果女人一接,也许会约她到外面聊个五块钱";温情贤惠的朋友,让我转告女子"手机下面垫一张餐巾纸,不然嗡嗡闹得慌";还有人干脆模仿"益达广告",连剧情都写好了,"后来他起身买单,往门外走,女子喊,'哎,你的手机!'男人回眸一笑,'是你的手机!'"

看戏的人都喜欢剧情曲折,但生活里都是妥协的戏码。

天亮起来前,女子站起身,拔下充电线。她才发现,根本不知道手机是谁的,尽管那个时候根本没几个客人。

她将手机交给了我。

"总要为,想爱的人不想活,才跟该爱的人生活。来过,走过,是亲爱的路人,成全我~"

11

书房刚开的时候,我送出去不少礼券。有给合作网站做促销活动的,有给记者包红包的,有给相关行业领导"好处费"的,也有赋予伙伴每日权限的"忠诚度计划"——伙伴在服务过程中,发现有忠实/投缘的客人,可以给TA送券以增加其对我们书房的好感。与此同时,相应地就会在"同城"网站上出现折扣价卖券的现象。

这对男女就是来现场交易的。

男的说他家离这里很远,一年来不了几次,每次来都得起兴;

女的喜欢泡各种书店、咖啡馆,100块面值的券80元购得,很是实惠。

后来,真是不好意思,你猜对了,后来,他们总是一起来的。

"后来,我总算学会了如何去爱~"

12.

我们的柠檬汁是这样做的——一个柠檬拦腰斩截,对着锥形的手动榨汁容器用力挤压,汁水混入凉白开和一勺糖浆。这么一来,那些个半个半个的柠檬壳就作废了,但事实上拿来泡茶还是很有料的。

这个秘密很容易就被发现。当我的搭档——那个刚被分手的20岁男生听说晚上喝柠檬水可以美白嫩肤后,他当班时候的面销业绩一下就提高了。

培训员工是个知己知彼的活儿。

"我将真心付给了你,将悲伤留给我自己;我将青春付给了你,将岁月留给我自己;我将生命付给了你,将孤独留给我自己~"

后　　记

星期一，我去河边看水，你还没有醒来；
星期二，我去陌上耕种，撒下的种子沉默很久；
星期三，我来到市集，狡诈的人们都获得了幸福；
星期四，我整天阅读，你说过的话写在纸上；
星期五，我看见花落，看见柳色青青而镜中白发；
星期六，我用于休息，人生只是世上的一粒浮沫；
星期天，时间继续消逝，而那么多的人正来到这个世界。

我很喜欢这首诗，因为它展现了不同而精彩的每一天。其实，庸常的日子里，一天和一天是差不多的，但我仍然很抗拒用"无聊""没劲"这些负能量的词，显得非常苍白。

做夜班服务生的无数个深夜，被问到最多的问题无外乎：怎么对抗睡眠？如何打发时间？可是，当你沉入夜色，把自己当作那一颗星辰，怎会觉得无聊？又怎能无聊？

夜晚，无论从人潮难退的解放路拐到青年路，还是独自走在梧桐树下的小路上，特有的强大气场让人感受到一种窃窃私语，角落里的叹息。居民楼家的猫像影子般的滑过去，或者静止不动。

大多时候，我是一个旁观者，欲言又止，点到为止。人生在世千头万绪，和我们提供的这些简单轻便健康食物一样，不复杂不惊世，却是人和人、事、物、世的和解。渐渐的，我能记住来这里的每一张脸，说得出每一个发生在这里的故事。

当然，也不全是书中所展现的那么有人情味，作为一个公共空间，你得有强大的内心和包容的心态。我有碰到过一个家伙，自说自话地将手机和我们店里的音响公放连上了，整个书房开始放他的金属噪音。上去劝说让他带上耳机，他还反问："你们不也是把音乐放这么大声？！"我和小伙伴瞬间石化。

也碰到一个臃肿的中年女子，脚上趿着不同颜色的鞋子，呆呆地敲击着书房展柜里放着的复古铁皮玩具，长达半个多小时，好似一出深夜惊悚案。我们与她怎么沟通都无果，最后只好请求保安负责找到她的家人。

不过，无论如何，现在回想，之所以对那一段日子记忆犹新，恰恰是因为有一些问题我还没有找到答案。

都是寂寞的人，不是一个世界又如何，夜晚这样特殊的时候，坐在一起看书就足够了。

博尔赫斯的世界里，书和图书馆是宇宙的中心；我的世界里，书房就是我的小世界。在这个恶性竞争搞得每个人都灵魂出窍的时代里，我有理由为自己置身于这个车流之外的小天地而感到自得。

摄 影

晚上好，亲爱的陌生人

从扉页开始，

P1摄影：蒋瞰　P3摄影：魏志阳　P4摄影：魏志阳　P5摄影：蒋瞰

P6摄影：朱震东（两张小的）　P7、P8摄影：刘兆亮

P9、P10摄影：魏志阳　P11、12（大图）摄影：张鹤

P13—P16摄影：步恩撒

P73摄影：朱震东　P74、P75摄影：步恩撒　P76、P77摄影：朱震东

P78摄影：蒋瞰　P79摄影：方帅　P80摄影：朱震东

P81（三张）摄影：蒋瞰　P82、P83摄影：朱震东

P84（小图）摄影：吴卓平

Reading Tree Coffee
悦览树
24 Hours

缘分椅子

24
Hours

ISNB 978-7-5699-0214-3

定价：36.00元